格帝亞少女

Goetia

純血烙印

01

暮雨
年齡：二十一歲。
個性：魔鬼上司，眼神銳利，總是一副生人勿近的樣子。
身分：時空管理局第二分局武裝科科長。
烙印：右手腕內側。沒有影子。
白火
年齡：十八歲。
個性：溫厚老實，卻很常在心裡吐槽他人。
身分：時空迷子。
烙印：左手手背上。沒有影子。

艾米爾

年齡：十六歲。
個性：溫和的模範生，實則是勞碌命、意外的毒舌。
身分：時空管理局第二分局鑑識科科員。
烙印：右手手背上。沒有影子。

安赫爾

年齡：二十六歲。
個性：吊兒郎當，玩世不恭，唯恐天下不亂的享樂主義者。
身分：時空管理局第二分局局長。
烙印：右眼眼瞼下方，延伸到上眼皮。沒有影子。

諾瓦爾

年齡：二十五歲。
個性：輕浮、帶有危險氛圍的神秘青年，擁有一雙邪魅的貓眼。
身分：AEF成員。
烙印：頸部。有影子。

陸昂

年齡：二十二歲。
個性：給人狡猾狐狸印象的青年，笑裡藏刀，心狠手辣。
身分：AEF成員。
烙印：右手手背上。有影子。

Contents

楔子 白火

【時間：2003C.E.／地點：臺灣】

白火沒有影子。

這可不是玩笑話。

白火的養父母無法生育，因此他們前往孤兒院去領養同樣和他們一樣遭受命運波折、失去至親的孤兒。幾番思慮後，他們選上的孩子就是白火。

他們選擇白火的原因很簡單：九歲的白火飽受其他孩童的欺負。

為什麼會被欺負呢？

因為白火沒有影子。

白火是個有著圓滾大眼珠、一頭亮麗柔順黑髮、皮膚白嫩細緻，容貌宛若精細人偶的九歲女孩。她並沒有因為出身孤兒院而被削去一身高潔清新的氣質，這個身分背景反而替她那孤高的神秘感做了緩衝。她擁有孤兒們、不，甚至是正常孩子也沒有的特質，兩者平衡互補，達到恰到好處的美感。

白火被收養時，正值好奇心旺盛的九歲稚齡，然而一般孩童該有的舉動在她身上毫無蹤影，她不會哭鬧、不喜愛新奇事物、甚至連脾氣或情緒也不突出。得知自己將被收養，她除了接受外，再也沒有其他反應。

就算孤兒院裡的修女不會坦白說出口，但在其他人眼裡看來，包括那些孤兒院裡的工作人員心裡一定這麼認為：白火之所以安靜又乖巧，全是因為她沒有影子。

時常有人謠傳白火的影子是被惡魔吃掉的，當她的影子消失時，心臟必定也被惡魔咬了塊窟窿，以致她才沒有正常人該有的喜怒哀樂。

鄭氏夫婦收養白火這件事，孤兒院還因此鬆了口氣——終於把那個沒有影子的女孩送走了。

收養手續辦理結束後，白火前往她的新家，那個重新接納她的歸屬。

白火並沒有改姓氏，因為當她被送到孤兒院時，除了「白火」這個名字之外，什麼也不記得，更沒有九歲以前的記憶。因此養父母也尊重這點，決定不更改她的姓名。姓氏是白，單名火，她的名字並沒有因而變動。

然而「沒有影子」這點說來未免也太古怪離奇，即便已經成為法定血親，鄭氏夫婦還是一點一滴觀察著白火的動靜，一段時間下來他們更加確信——白火沒有影子，但隨著時間逐漸拾回情感的她，是個再正常不過的女孩。

他們決定對她灌注所有親情、所有愛情、連帶白火失去的九年記憶，一起全心全意的愛著她。

而這個沒有影子的女孩，終於……

01. 沒有影子的少女

【時間：2012C.E.／地點：臺灣】

「白火，幫我去買點東西好嗎？」

當媽媽說這句話時，白火就已經知曉了：今天是陰天。

唯有陰天的時候，媽媽才會拜託她出去跑腿，因為沒有太陽，不容易映照出影子。

影子其實不是太重要的東西，眾人常常會忽略光芒映照出來的黑影。只是一旦發覺白火竟然沒有正常人都擁有的東西，即便那東西可有可無，失去影子的她仍在大家眼中成了異端。

「清單已經放在袋子裡了，路上小心點喔。」

「知道了，我會快點回來的。」

白火拿著購物袋，換上外出服，抽了把陽傘就匆匆走出家門。

「沒有影子的白火」——還在孤兒院時，大家是這麼稱呼她的。

畢竟她沒有正常人應有的影子，誕生下來時左手手背上還有著一點也不像是胎記的黑色刺青，進而成為一種奇異又被排拒的存在。幸好九歲時被收養後，她才得以過著衣食無缺的生活。

沒有影子的她如果和正常人一樣去上學，絕對會引起軒然大波，因此這些年來她都待在家裡學習。養母是一名教師，因此也受到法律核准。

這樣的她連從今以後的未來都盤算好了，找一份能夠不用外出、不用與人接觸的工作，像是小說家之類的，這樣就不會造成更多的麻煩。她是沒有影子的孩子，總不能奢望一般人的生活。

「我看看……今天要煮什麼啊？」

白火一邊看著袋子裡的購物清單、一邊前往超市，她特地選了人煙稀少的小徑，加上是上班時間，街道登時寬敞空蕩。即使一般人根本不會注意與自己擦身而過的人究竟有無影子，防患未然總是比較好。

小時候，不懂事的她曾經偷偷闖出屋外，不小心嚇著了人，差點掀起了大風波。那種恐怖體驗她可不想再經歷一次。

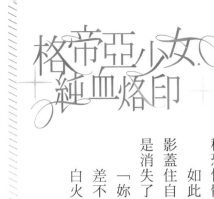

如此這般，不論陰天、烈日或是夜晚，每當白火出門時總會撐著傘，利用傘蓋的陰影蓋住自己的步伐，好遮掩沒有影子的事實。久而久之，「沒有影子的白火」這個喧嚷是消失了沒錯，但卻出現了個「黑夜中的雨傘怪客」這更糟糕的外號。

「妳好，真是個美好的早晨呢。」

差不多走到要彎入主要市集街道的小徑盡頭時，突然有人叫住了她。

白火抬起盯著地面的視線，發現眼前站了個人。

是一位目測約二十歲上下的秀氣青年，身材修長高䠷，暗紅色的短髮微帶著恰到好處的捲曲，並穿著一襲剪裁合身、莊重而高貴的西裝。對方琥珀色的瞳孔透亮晶瑩，散發出神秘而帶點危意的氣息，讓她一時聯想到貓咪的眼瞳。

好美的眼睛，白火瞬間被那貓一般的蜂蜜色眼珠攫住目光，無法移開視線。

見對方笑得親切過分，她才驚覺自己的失態，把整個身子都縮到陽傘的陰影裡。

「您好，請問怎麼了嗎？」

「不好意思，我在找人，能幫我一個忙嗎？」

「如果我幫得上忙的話……」才剛說完這句話白火就後悔了，她這種沒有影子的人一有大動作絕對會引來懷疑，是要怎麼幫忙尋人啊？

「不是什麼大不了的事，只要請妳把左手伸出來就行了。」

「左手？」

她才一這麼回問，眼前的青年就莞爾一笑。

下一秒，白火還來不及反應，就感覺到自己的左手腕被人忽地抓起，半截手臂探出了陽傘外面。

那位青年猛然抓住她的手，動作快得迅雷不及掩耳，將她的手翻了過來手背朝上，白火那從出生起就陪伴著她的奇特胎記，當場大剌剌攤在兩人面前。

手背上類似刺青的胎記，是她最不想讓別人看見的東西。

白火不悅的想抽回手，卻發現眼前的青年一看見她的手背，居然彎起脣角來。

「果然沒錯——是格帝亞烙印。」

白火張大眼，這個人在說什麼？

彷彿預料到她會掙脫，紅髮青年抓著她手的力道瞬間加重，讓她無法反抗。

「總算讓我找到了，妳是白火吧？」

——他怎麼知道我的名字……

白火警戒的瞇起黑色瞳眸，握緊手中的陽傘。該不會又是循著「沒有影子的白火」這個消息前來湊熱鬧的人吧？

「你到底是誰？」

「還會再見面的，到時候再告訴妳名字吧——白火。」

刷的一聲，才一個眨眼，白火驚覺原先還距離她將近一隻手臂遠的青年，竟然一瞬間逼近自己眼前，然後用寬大的手掌覆蓋住她的視線。

白火嚇得連忙扔開手中的傘柄，下意識就要抓住對方的手極力掙脫，但是怎麼扭動身子都無法逃離。對方的手帶股冰冷的寒意，宛如荊棘般緊揪住她，使她寸步難行。

在青年蒙住自己的手指細縫中，她隱約瞅見一道黑色光芒。

——竟然有光線是黑色的？

若要做比喻的話，就像是教科書或是電視裡出現的「黑洞」。

「就在那裡相見吧。」

明明被奪走了視野，她卻隱約感覺到紅髮青年輕柔一笑。

而後，她被吸進了黑洞裡。

★※★◎★※★

視界一片黑暗。

腦袋就像是被金屬棒敲了一記似的，昏昏沉沉使不出力來。

「請……醒來，請……醒。」

迷迷糊糊中，白火聽見了聲音。

就像是訊號受到干擾的電話般，聲音斷斷續續的聽不清字句，但隱約能聽出是一位尚未脫去稚氣的少年嗓音。

隨著意識對焦，白火察覺到有人正晃著自己的肩膀，是一雙尚未發育完全的白皙手掌，多半是體諒她身體虛弱的情況，還刻意放輕了力道。

「沒事吧？請醒醒。」

她努力睜開半個眼皮，截然不同的景象闖入眼簾。

原先以為是被剛剛那個紅髮貓眼打暈劫財之類的，她醒來的地方應該是醫院才對，但這個景色怎麼看也不像病房，根本不見一丁點該有的白色調擺設裝飾。

她首先看見的是一位少年，那位不斷呼喚她清醒的人。

視線再怎麼迷茫，白火也能瞥見少年一頭柔順的金色短髮、大海般的蔚藍色眼瞳。是外國人才有的金髮藍眼和深邃輪廓。

「太好了，要是您再不醒來，就得像這樣直接把您抬回局裡了呢。」少年鬆了一口氣，露出讓人鬆下戒心的溫柔笑容。

白火傻了，現在是怎麼回事？她才剛打算這麼問，就發現自己居然躺在急救用的擔架床上。她有嚴重到需要用到擔架嗎？她是被紅髮貓眼推去給車撞，還是從頂樓上跳下來才這樣啊？莫非那個紅髮貓眼把她敲暈以後帶到頂樓，然後推下來蓄意謀殺？那傢伙是愉快犯嗎！

「有辦法坐起來嗎？我知道您有很多問題想問，先別急，我會一一為您解答的。」

轟隆轟隆，耳邊不只傳來少年的聲音，還有車子行駛的聲音。

白火頭昏腦脹的坐起身來，側過臉一看，只看見車窗外的景色昏暗無比，是在隧道裡，座椅隨著地面起伏稍稍震動，看來她在車上。

擔架和急速行駛的車子，救護車嗎？

「首先從名字開始吧，我是艾米爾．沃森，請稱呼我為艾米爾就好。」

眼前這位名為艾米爾的少年很懂得先後順序，要是他劈頭就把現在的狀況一次說出來，白火好不容易清醒的腦袋可能會再次爆炸。

由於坐在車上無法站起來敬禮，艾米爾微微點了個頭當作替代。

「請問您的名字是？」

「……」

「有辦法說話嗎？若是無法開口、或是不願開口，也不必勉強。」

「白……白火。」

「白火小姐嗎？真特別的名字，和我們姓氏擺在後頭不同，『白』是姓氏對吧？」

白火驚疑未定的點點僵硬的脖子，這名少年神態自若得相當詭異。

身體的知覺和溫度回來了，白火第一件事就是檢查自己身上有沒有受傷，看來那個紅髮貓眼並沒有對她施暴，身上一點擦傷都沒有，口袋裡的錢包也在，唯一不見的就是購物袋，莫非那個紅髮貓眼對購物袋有興趣？

這裡是哪裡？到底發生什麼事情了？不知怎的，一個字也不想問，她抓抓傾洩而下的黑色長髮，虛脫無力的垂下肩膀。

「白火小姐，距離到達目的地還有一段時間，我們先來聊聊天吧？」見她沒力氣追問，名為艾米爾的少年率先開口了，從剛才起就是那種從容過分的態度，「您知道《愛麗絲夢遊仙境》這個故事嗎？」

「……聽過。」白火耐著性子頷首，小時候在孤兒院聽修女說這故事聽到耳朵都快長繭，但她不太有興趣就是了。

「那您相信嗎？」

「什麼？」

「故事裡，愛麗絲為了追兔子而掉到一個深得簡直沒有盡頭的黑洞裡，然後到了另一個世界對吧？您相信嗎？其實您現在就是這種處境。」

黑洞……白火眼神一愣，她想起來了，黑洞。

自己在被那個紅髮貓眼遮住眼睛後，隱約看見一個黑洞，隨即被那片黑暗吞噬了。

她不禁想著，這個叫艾米爾的少年在影射什麼？紅髮貓眼是兔子，她就是那個摔進洞裡的愛麗絲嗎？開什麼玩笑，都這種年紀了居然還在相信童話故事裡的劇情……

車子這時駛出隧道，光線透入車窗內，白火把視線轉移到車窗外，立刻倒抽一口涼氣，嚇得往後一退，後腦杓差點撞上車廂。

看不見道路。

車子外面看不見任何水泥、柏油鋪出來的車道，也沒有限速告示。

因為車子正浮在空中！

「……這是怎麼回事？」雖然眼前的場景已經超過想像負荷，白火反而淡定異常的提問。

「嗯？不就是普通的車子嗎？」身旁的艾米爾順勢瞄了眼窗外的浮空景色，平日上班日的緣故，車流量稀疏。

「我、那個……」

「回到局裡我會一次解釋清楚的，白火小姐，您就暫且把自己當作闖入仙境裡的愛麗絲吧。」

——我在做夢我在做夢我一定是在做夢……

白火揉了揉皺成一團的眉間，她果然還是被紅髮貓眼從高樓上推下來了，現在她在夢境裡過得愜意，還看到這種見鬼的景象，其實現實的她一定摔個稀巴爛，目前在醫院裡急救。

她寧願被送進加護病房也不想看見這種異次元風景啊！

此時，車子似乎是駛進類似車庫的空間，窗外的藍色天空登時變成密閉狀態。車子開始放慢速度，駕駛轉了轉方向盤，不一會兒停了下來。

「到達目的地囉，白火小姐，要下車了，請問站得起來嗎？」

艾米爾率先站了起來，車內的構造和救護車大同小異，他彎著身子推開車門，向白火伸出手。

俗話說現實會影響夢境，艾米爾會對她伸出手，說不定就是現實的養父母在呼喚她叫她快點還魂……不對，是甦醒過來，所以只要接過他的手就能醒來！白火暗自點點頭，畢竟她一丁點皮肉傷都沒有，於是輕鬆的伸出手。

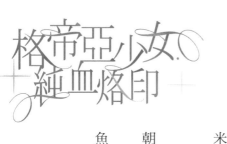

然而，握住艾米爾的手、站起來，甚至是跳下車後，眼前的風景還是沒變。直到艾米爾關上車門後，她仍舊呆若木雞的站在原地，等待奇蹟出現。

沒有，還是一點也沒變，這個夢未免也太長了點。

「向您介紹一下，這裡是局裡專用的停車場。」艾米爾一手扶著她，另一手禮貌的朝周圍一晃，好讓她順著指向瀏覽停車場四周一圈。

「……我知道，我不是瞎子。」決定暫時先配合夢境，稍後再想對策的白火翻翻死魚眼，「你說局裡？什麼局？」

「時空管理局。」

「嘎？」

「全名是時空管理局第二分局。好了，請隨我來吧，放慢腳步走沒關係的，我害怕您的身體還沒恢復，凡事以安全為第一。」

白火茫然的眨眨眼，她終於發現哪裡不對了，這外國人的中文未免也太溜了吧？對方說的明明是中文，她卻絲毫沒有語言隔閡的困擾。

而且她有預感，如果再問一次「這裡是哪裡」的話，艾米爾一定會面不改色的回答這裡是時空管理局什麼鬼分局的地方。

她只好隨著少年的腳步走入電梯，來到一樓。電梯門一打開，她又傻得下巴差點掉下來。

「幸好白火小姐很快醒來，不然就會躺在擔架上直接被送到醫療科了呢，這樣就無法一睹這樣的景象了喔。」艾米爾笑著說，他似乎早就料到白火會愣在原地，刻意站在她身旁親切說明。

白火所目睹的景色，基本上做個比喻的話，差不多就是《哆啦A夢》裡大雄的孫子世雄的未來世界，再不然就是《機動戰士鋼彈》裡的宇宙車站之類的東西，或是巴斯光年飛向浩瀚無垠的宇宙……

「可以告訴我這裡到底是哪裡嗎？」覺得自己快腦溢血了，她趕緊扶住牆垣，以免自己承受不住衝擊暈倒在地。

「時空管理局第二分局一樓正門連結五大部門的公共大廳。」

她只聽得懂最後兩個字，嗯，這裡是大廳，看起來確實也像個大廳。

儘管她平常足不出戶，至少也知道車站長什麼樣子——眼前的這個公共大廳遠比臺北車站最寬廣的地域還大上五倍左右，整個空間呈現正方形，四面牆設有電梯、手扶梯和逃生口。

公共大廳以白色色調為主，地磚明亮光滑，大廳裡的行人大部分都穿著和艾米爾類似的制服，只是顏色有所區別，甚至當中還摻雜著醫院裡常見的白袍醫生。

白火決定找個自己能夠接受的解釋：這裡是混合著車站的醫療所，她做了個非常先進的夢。

「喔，艾米爾，工作啊？」這時，前方其中一個人正巧和艾米爾打了個招呼，是一位和艾米爾穿著相同藍色制服的男子，對方順便端詳了白火幾眼，「是這次的迷子嗎？看起來不哭不鬧，你滿幸運的嘛。」

——迷子？

「是的，是位非常乖巧的小姐喔。我還急著工作，就先這樣了。」艾米爾禮貌的敬了個禮。

向同事道別後，他心想研究大廳的白火應該也看夠了，又領著白火再度向前，前往大廳深處的電梯。

走進電梯後，他拿出像是識別證的ＩＤ卡，輸入特別樓層。電梯開始啟動。似乎是專用電梯的緣故，裡頭除了白火和艾米爾以外，根本沒其他人。

白火低聲一問：「迷子是什麼？」

「迷路的孩子。」

聽艾米爾回答得簡單，所以是縮寫的意思？白火心想。

「叮。」

到達目的地五樓，電梯門打開。

「請用不著害怕，白火小姐，來，拉梅茲深呼吸吐氣——」艾米爾溫柔對她一笑，帶領她走出電梯。

白火頗不滿的吐槽了一句：「我又不是在待產。」

五樓的景象總算正常些了，若要做比喻的話，差不多就像電視劇常出現的警察局，天花板上掛了區分部門的牌子。白火遠遠一看，後方居然還有類似實驗室的房間。

她就這麼被艾米爾帶到深處，一間類似是會客室的小空房裡。

外觀看起來像會客室，走進去後白火才發現，那根本就是電視劇裡警察用來逼供犯人的密閉小房間，只是多了幾張桌子椅子和電腦，外加一些她喊不出名字的先進設備。

會有豬排飯嗎？白火看了一下桌面，可惜沒有食物。

「請坐。」

艾米爾拉開最中間的椅子，白火別無他法，只好乖乖坐下去。

差不多該清醒了吧？這個夢未免也做得太久，難不成現實的她已經到了太平間？

「芙蕾小姐，有新的迷子。」艾米爾按著耳邊低聲說。

就算他聲音壓得再小，白火也聽得出來，少年的耳朵裡應該塞著超小型通訊器。

他才剛說完話不久，房間裡更深處的小門就被打開，這次是一名女子走出來。她敬了個禮，逕自走到白火面前的座位坐下。

「妳好，我是芙蕾希雅．克蘭，叫我芙蕾就行了。」

又一個馬上自報姓名的人，白火有點免疫了，看來這個叫芙蕾的女人和艾米爾一樣，率先利用自報姓名來減少她對他們的戒心。

眼前這個叫做芙蕾的女子，是位戴著眼鏡、盤起褐色捲髮、並有著藍色眼瞳的成熟女性，帶點知性美，鏡框下的眼角還有著淚痣。芙蕾穿著和艾米爾類似的制服，同樣是藍色。

終於要開始解釋了嗎？白火微調了一下姿勢，端正坐好。希望聽完解釋後，夢境就能順利結束，她也能因此清醒。

「艾米爾，這女孩從一開始就是這麼鎮定嗎？」芙蕾見白火一點驚訝神色也沒有，不免這麼問道。

「是的，是個很乖巧的迷子小姐。」

「你做了什麼？」

「我告訴她這是愛麗絲夢遊仙境的一種。」

「……」芙蕾抽了抽眼角，「……下次別再用這招，當她知道真相會覺得這世界很殘酷，艾米爾。」接著，她正視白火，問道：「請問妳的名字是？」

「白火。姓白，單名火。」白火直接解釋，她的名字比較特別，被追問前先說明會比較輕鬆。

「我知道了。白火小姐，妳還記得昏迷前發生了什麼事情嗎？」

「……眼前出現了像是黑洞的東西，然後被那個黑洞吸了進去。」配合夢境就能闖關，闖關成功就能到終點，到終點就能醒過來，白火如此深信著。

「黑洞是嗎……既然還有昏迷前的記憶，那就好辦了。」

芙蕾輕輕一揮手，在半空中劃出一道線，線連成面，一眨眼，彷彿未來世紀才會有的電腦螢幕居然出現在半空中，讓白火看得目瞪口呆。

所謂日有所思夜有所夢，莫非她一直夢想著未來世紀的高科技生活嗎？

飄在眼前的半透明螢幕朝外擴張，白火湊近一看，螢幕上的圖片是個黑洞，正好是她昏迷前所看見的那個。

「妳看見的是這個吧？」

白火點點頭。

「聽好了，這個黑洞和一般黑洞不同，我們稱它為『時空裂縫』。」

「時空……裂縫？」

「沒錯，時空裂縫會突然出現在世界各地，把生命體或物品吸入另一個空間，這些被吸走的人我們稱為『時空迷子』。白火小姐，現在的妳就是所謂的時空迷子。」

迷子，白火反覆聽到好幾次這個名詞，這下她總算知道意思為何。

她平常到底在想什麼啊，居然會夢到這種鬼東西？時空裂縫和迷子？

「那個……我可以醒來了嗎？拜託了，我媽還等著我買東西回去。」已經受夠了，雖然從沒向夢境求饒過，白火還是舉起手徵求同意。

她覺得她再不醒來，父母可能會哭死，重點是她家今天會沒有菜可以煮晚餐，吃飯皇帝大啊！

「看你幹了什麼好事，艾米爾！都怪你向她灌輸了什麼夢遊仙境的鬼知識！」見她這麼問，芙蕾沒好氣的白了身邊的艾米爾一眼。

艾米爾只好縮起肩膀，喃喃了句：「……很抱歉，我知道錯了。」

白火慌了，求饒也沒用嗎？這夢境到底怎麼了？

「白火小姐，我就斬釘截鐵的說了，這不是夢。」

「嘎？」

「不過光是這麼說，妳一定不相信吧？失禮了。」芙蕾站了起來。

白火還沒意識過來就感覺到臉頰一疼——眼前這個叫做芙蕾的女子竟然彎下腰，兩手扯住她的臉頰用力往旁邊拉。

「痛、痛痛痛，好痛！妳做什麼啦！」她疼得大叫，淚水在眼眶裡打轉，為什麼夢裡還會有痛覺！

「感到喜悅吧，會痛就代表妳還活著。還有，這也不是夢境，妳被艾米爾那小子唬了，乖乖接受現實。」

「搞什麼鬼啦！痛、好痛痛痛！快點放手！」

「還是不懂嗎？真頑固。」芙蕾放下手，白火才剛鬆一口氣，芙蕾立刻朝艾米爾使了使眼色，「艾米爾，把槍拿來。」

「哈啊？！」白火這下真的飆高音尖叫了，那女人說什麼？槍？！

「咦？！等等，芙蕾小姐，這未免有點——」

「反正這叫白火的丫頭還認為是夢境不是嗎？只要再讓她暈一次，她應該就會認命了。把槍給我。」

「要是她暈了醒過來卻還是不接受，怎麼辦啊？」

「那就再轟一次，反覆幾次下來她總有一天會接受的。」

「……」

——等等，到底要做什麼？這兩個神經病究竟想做什麼！

白火看見艾米爾默默拿下手套，露出他的右手掌。

然後她看見了，艾米爾的右手手背上，居然有著和她手背相似的奇異刺青。

艾米爾用另一隻手輕撫了一下刺青，手背上的奇特紋樣便泛起一圈光芒，緊接著光芒彷彿要溢出來似的湧出手背，漸漸勾勒出具體形狀。

白火瞪大眼睛，白色光芒凝聚而成的物體，正是一把流線優美的銀色手槍！

首先是形成手槍形狀的白色餘暉，接著出現槍枝線條、安全鎖、握柄與槍口，以及最重要的扳機。剎那間，一把銀色手槍就出現在艾米爾手中。

槍枝完全成形後，艾米爾用右手握住槍柄，解開鎖，上膛，對準白火的額心。槍口和她的額頭相距僅有三公分，距離近得幾乎能聞到硝煙味。

「失禮了，白火小姐，可能會有點痛……」艾米爾九十度彎腰敬禮，身體抬起來後又是舉高槍枝對準她的眉心。

「等、等等，艾米爾，這到底——」白火嚇個半死，這到底是什麼驚悚的夢境！她只是去買菜然後被紅髮貓眼蒙住眼接著被吸到黑洞裡，為什麼現在還得被人用槍口抵住頭啦！

「只是個普通人類，用真子彈會出人命，一發空氣彈就行了。」芙蕾蹺起腿，彈指命令道。

「我知道了。白火小姐，真的很抱歉，我會下手輕一點……」

「到底是怎樣！等一下，解釋清楚，你為什麼要——噗！」

白火話還沒說完，就爆出一聲不太文雅的哀號。

砰的一聲，艾米爾扣下扳機，她才目睹到槍口冒出熱煙的瞬間，額頭就好像被什麼東西穿過似的，疼痛感從額前直直射穿到後腦杓，她的身體像是觸電似的抖了一下，然後——再度暈了過去。

★※★◎★※★

「……！」

白火刷一聲掀開床單，猛然從床上坐起來。

她起床的第一個動作就是發狂似的摸摸自己的額頭，很好，沒有彈孔，後腦杓也沒有被刺穿個洞，倒是頭痛欲裂到讓她懷疑是不是有子彈卡在自己的腦殼裡。

「好、好痛……」

她想想，她在夢裡被一個叫做艾米爾的金髮少年帶到時空管理局什麼鬼分局的，那個小鬼手上有著和她相似的刺青，刺青發出光芒變出一把槍，她就被他用槍轟了發子彈……在這之前她幫媽媽跑腿，遇到一個紅髮貓眼的青年，並且被吸到黑洞裡……

——等等！等一下……

發現問題所在的白火按住燒灼般的太陽穴。

夢境究竟是從哪裡開始的？是從艾米爾那裡開始，還是紅髮貓眼那裡？還是說就連跑腿都是夢，其實她根本還沒睡醒？

「——白火小姐，您醒來了嗎？」

隔簾外傳來了聲音，這聲音怎麼聽都是艾米爾。

白火頓時有點腦袋短路，她驚惶的扭動脖子觀望四方，沒有看見書桌和衣櫃，牆壁白得單調，天花板上的燈是不同款式，也沒有窗戶和窗簾，她低頭一看，居然連床都不是自己的。

真是夠了，現在到底是在演哪齣？

「白火小姐，失禮了，我進來囉。」艾米爾拉開隔簾，走了進來。

白火第一件事就是往他的右手瞪過去，沒看見刺青，艾米爾又戴回了手套。

「太好了，您終於醒過來了，很抱歉對您做出這麼粗暴的舉動。」

「……」

「白、白火小姐？」

「……還沒醒來……」

「咦？」

刷一聲，白火抓住艾米爾就是一陣猛搖。

她再怎麼故作鎮定也是有極限的，這種見鬼的夢境她已經受夠了，「還沒醒來！既然能看見你就代表我還沒醒吧！再轟我一槍！我才不要待在這種可怕的惡夢裡，快點讓我醒來啊！」

「冷靜點，白火小姐！」

「我到底是做了什麼，非得做這種醒不過來的鬼夢啊！還不快點讓我醒——」

「啪！」

話說到一半，白火只感覺到臉頰一陣火辣——她被人賞了一記耳光。

這巴掌顯然不是艾米爾打的，而被她抓著不放的艾米爾也跟著愣在原地，無法反應現況。

艾米爾抽了一口氣，隨即轉身看向旁邊，才發現不知何時有個人闖了進來，他驚訝道：「暮雨科長？」

「吵死了，這裡可是醫院。」

這巴掌的力量不小，和這一擊比起來，剛才芙蕾捏她臉頰的力道根本是小巫見大巫。白火的臉隨著過大的力道歪到一旁去，險些閃到脖子，耳朵嗡嗡作響，整片臉頰都紅腫到麻痺的地步。

白火撫著發燙的臉頰，重新轉回視線，直視那個突然拉開病床隔簾跑進來、狠狠搧了她一記耳光的人。

「醫院可不是用來喧譁的地方，想吵的話就離開。」

一位有著藍色短髮、祖母綠色眼瞳的冷酷青年站在她眼前，白火順勢從對方的面容瀏覽而下，看到手臂時她無法再往下看了，整個目光停留在青年的手臂上。

青年的左手臂正淌著鮮血，就算身穿一襲深色制服也看得一清二楚，手臂處的袖口被割破露出傷口來，鮮血汩汩滑到了手掌，她依稀還能從傷痕的切口看見隱沒在血肉下的骨頭。

「暮雨科長，請別這樣！對方是剛來到這裡的迷子啊！況且您不是受傷了嗎？怎麼不去治療，還繞到這裡來？」

「聽見噪音就過來了。」名為暮雨的青年神色依舊冰冷，沒有多大動搖，「這女人是迷子？正好，那記耳光至少可以讓她清醒過來。」

「可是——」

「這下不是安靜點了？」暮雨完全不管手臂上的傷勢，他眼神一轉，對上白火的雙眼，「妳叫什麼名字？」

一股不容忤逆的強烈氣勢，像火焰般灼熱又如寒冰般讓她直打顫，臉上的痛覺還沒消退，白火只能畏縮的回答：「……白、白火。」

「剛剛那下很痛吧？記好，妳眼前看到的可不是夢，夢境不可能會有這種痛覺。」

暮雨望著她的眼神冷峻無比。

語畢，他拉開病床隔簾，轉身離開現場。

她還來不及回話，暮雨就頭也不回的走了。白火只能頂著火辣辣的半邊臉頰，發愣看著微微晃動的隔簾，以及地板上隨之擺動的隔簾影子。

——等等，影子？

她稍稍轉動眼珠，偷瞄了一眼艾米爾的腳底。

病房內的燈光自然充足，病床隔簾、床腳，凡是被光線照到的物品都有著陰影，但是艾米爾的腳下空空如也。

艾米爾沒有影子。

不只是艾米爾，剛才走出去的青年，那個叫做暮雨的人——他也沒有影子。

「真的很抱歉，白火小姐，很痛對吧？我現在就去拿冰塊來，請您稍等——」艾米爾正要衝出隔簾外，想不到他才一轉身，就感覺到白火抓住他的衣袖，「白火小姐？」

「……影子。」

「是？」

「你的影子呢？你也沒有影子嗎？」

白火回想起來了，不單單是艾米爾和暮雨，剛才在一樓公共大廳所看見的人，至少也有四分之一的人沒有影子，地板白得嚇人。他們的影子到哪去了？

沒有影子的白火，沒有影子的白火……莫非除了她以外，這世上還有其他沒有影子的人？

白火甚至猜想，那些沒有影子的人們是不是也和她一樣，手上、或身上有著圖騰般的黑色刺青？

「白火小姐，冷靜下來了嗎？」

「嗯。」

「願意好好聽我說了嗎？」

「……嗯。」

白火頷首，臉頰還在隱隱作痛。

居然有人和她一樣失去了影子。

轟向她眉心的子彈、暮雨揮來的耳光，以及失去影子的行人，漸漸讓她確信——這裡並非夢境。

02. 歡迎來到時空管理局

公元三千年（3000C.E.），隨著數百年前石油等有限能源耗盡，太陽能等再生能源已成為世界主要動力。

世界聯合政府在地球、火星以及其餘五個人造星球上設立總計七座太陽能發電塔，分別由世界政府共同擁有並維護。儘管已來到 3000C.E. 新世紀，人類仍舊不是什麼喜好和平的生物，太陽能發電塔的所有權以及能源分配的問題，時常引起各國紛爭。

如今在宇宙行星間互通往來已非難事，歷經人口爆炸的地球也在兩百年前展開史上第一批「宇宙移民計畫」。目前人類居住的世界已經從「地球」拓展為「宇宙」。

地球、火星以及其餘五個人造星球，總計七個地區均為人類與異邦種族的棲息地。

在穿梭於宇宙之際，人類發現了有別於一般黑洞的「時空裂縫」。

時空裂縫的外觀比一般黑洞還要來得微小，是擁有「時間性」的奇特空間，透過裂縫，會引來各個時空、時代、甚至是未知世界——也就是異次元的生命體。

時空裂縫的成因、起源、週期均不明，只能預估推敲出時空裂縫出現的時間和地點。裂縫通常會出現在宇宙中，也有極少部分出現在星球內。

由於時空裂縫的出現，許多不同時間、空間的居民被吸入黑洞中，來到 3000C.E. 的世界。這些被吸入黑洞的宇宙遇難者，一概被稱為「時空迷子」，也就是時空中的迷失者；至於被吸入裂縫中的「物品」，則被稱為「時空碎片」。

為了接納並歸還這些迷子與碎片，世界政府與民間財團聯手，設立了不受政府管轄的特殊獨立機構「時空管理局」。

時空管理局，外部統稱**伊格斯特**（Egoist），也就是非政府機關的利己主義者，這個稱呼可說是毀譽參半。其內部總共有六個分局，分別位於火星和五大人造星球，本部則位於地球。

管理局的定位相當特殊，該局雖然是政府成立，卻又獨立出政府，是不受任何上級機關管轄的機構。管理局負責收容與保護因時空裂縫而來到3000C.E.世界的時空迷子，並擔當起將迷子送回原來時空的責任。

不單單如此，由於時空裂縫引來大量迷子，一定數量的迷子無法回歸原來的時空，只能勉強在此定居，進而滋生出為數龐大的種族紛爭、時代隔閡的不適應者以及人口爆炸問題。為此，時空管理局也身兼種族調停的重責大任，必要時甚至能以武力介入——時而與政府合作制止種族暴動，時而與政府對立，阻止政府為了利益而犧牲少數種族所做出的決策。

「——大致上就是如此，白火小姐。」說明到一段落，芙蕾做了個結論。

白火在被賞了耳光並且撫平情緒後，再度來到剛才被開了一槍的事發地點。

距離芙蕾說明開始到現在已經過了將近半小時，她花了好一段時間才消化那一大串非現實的說明。簡單來說，原本活在2012C.E.的她，一舉來到了3000C.E.的世界，成為所謂的時空迷子。

而如今她所處的機構就是時空管理局的第二人造星球分部，簡稱第二分局。艾米爾、芙蕾，還有剛才甩她一巴掌的暮雨，都是時空管理局的成員。他們的任務，就是將她送回原來的時空——2012C.E.。

「白火小姐，沒事吧？」艾米爾看她臉色不對勁，憂心一問。

白火面容慘白，嘴脣也失了血色，她還無法接受自己到底遭遇了什麼事情。

公元三千年的事情，要不是暮雨力道十足的一巴掌、藉此讓她發現世上有人和她一樣沒有影子這件事，她直到現在都不敢相信自己竟然處於現實——不對，直到現在她仍難以置信，自己竟然來到了公元三千年的世界？

「……原來一千年以後，地球還沒毀滅嗎？」龐大的訊息量一次灌入腦海裡，白火只能吞吞吐吐的道出這句話。

芙蕾一臉莫名的瞇起雙眼，不滿的回頭瞪向艾米爾，「喂，這迷子小妹是來的途中撞壞腦袋，失憶症之類的？怎麼連這種基本常識也不懂？」

艾米爾苦笑著搖搖頭，「我不清楚……」

面對一無所知、甚至因為訊息量爆炸而出現茫然狀態的白火，芙蕾揉揉發疼的太陽穴，暫時不打算追問詳細狀況，不耐的開始解釋：「……其實毀滅過一次，2300C. E. 時曾發生過一次世界性浩劫。」

「什麼？浩劫？」

「2300C. E. 世界發生浩劫，人口銳減、科技水準大幅倒退，直到 2500C. E. 左右才恢復水平。這就是為什麼直到 2800C. E. 人類才展開第一次宇宙移民的原因。」

「難怪我就在想為什麼要拖到公元兩千八百年才飛向宇宙……原來是人類曾經毀滅過一次啊。」白火聽見發生過浩劫的事情反而沒多震驚，應該說已經麻木了。

說來也是，要是一路平穩發展下去，還沒到 2800C. E. 地球就已經支撐不住人口爆炸了才對。

「芙蕾小姐，告訴我這麼多沒關係嗎？」

「就算把局裡的機密告訴妳也無妨，反正妳等等就要被送回原本的時空了。妳離開之前，我們會消除妳的記憶，所以用不著顧慮，有問題儘管問吧。」

聽到很快就可以回去原本的時空，白火與其說是開心，倒不如說悲喜參半。能回家固然是好事，但是回去以後可能就再也找不到和她一樣失去影子的同伴了。

白火偷瞄了芙蕾腳下一眼，有陰影，是個普通人。

「我想問一下，為什麼有些人沒影子呢？而且手上還有著奇怪的刺青，重點是那刺青還變成了槍……」她不免偷看了身旁的金髮少年一眼。

「……」

白火提出的疑問彷彿某種點燃火藥的引信般，芙蕾與艾米爾面面相覷，可以瞥見兩人的神色正充滿訝異與狐疑。

「怎、怎麼了嗎？」眼前這對未來人的反應好像有點不妙，莫非她踩到什麼地雷了？白火由不得縮起肩膀。

艾米爾沉默了良久，才悄悄的在芙蕾耳邊低聲道：「……迷子小姐可能在穿越裂縫時，腦部真的受到什麼衝擊了吧。」

他的聲音很小，但在密閉空間下白火還是聽得一清二楚。

「只不過是頭殼被撞，就會把這種程度的基本常識一起撞掉嗎？」芙蕾交頭接耳反問回去，嗓門照樣不小。

「芙蕾小姐，請不要小看腦部的奧妙……」

「你們兩個到底是什麼意思啦！我統統聽見了喔！」受害者白火忍不住大吼，這兩個傢伙，要議論至少不要在當事人面前講啊！

芙蕾和艾米爾這對未來人再次互看彼此，用種奇妙的眼神交流意見後，定睛到白火身上——這次眼神多了幾分彷彿是關懷路邊野狗的憐憫。

「這又是一長串故事了，妳確定要聽？」

即使感受到強烈鄙視，白火事到如今也無法回頭了，「……嗯，請告訴我吧。」

「……咳咳，好吧。」芙蕾懶得大費周章的說明，畢竟她說得再多，白火回去之前就得被消去記憶，多說明只是浪費脣舌，於是她對艾米爾使了使眼色，「艾米爾，好好表現。」

白火剛才會鬧出那麼大的風波，有一半也是因他而起，艾米爾自認理虧的站起來，點頭道：「……是。」

艾米爾像芙蕾一樣，手一揮，投影般的電腦螢幕映照在白火眼前。

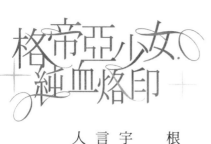

白火不再像第一次那麼驚訝了，公元三千年的科技果然發達得讓人嘖嘖稱奇，這樣根本就不用帶著筆電趴趴走。

「那麼，考慮到白火小姐目前的狀況，請容我詳細說明。剛剛有提過 2800C.E. 的宇宙移民計畫吧……啊，年代很複雜，用不著記沒關係，大概記住幾個名詞就好。總而言之就是宇宙移民。」艾米爾直接碰觸電腦螢幕開始操作，一邊解釋：「宇宙移民時，人類首先前往月球和火星，基於移民費用昂貴，只有部分權貴才能參與移民計畫。」

「有錢人專利的意思？」

「大致上就是如此。宇宙移民計畫順利成功，部分人類登陸到月球和火星，開始全新生活。但是問題卻在此時發生了，定居在火星的移民者紛紛被未知的病毒感染。」

「病、病毒？」

「沒錯，就是這種被命名為『格帝亞（Goetia）』的不明病毒。」

電腦螢幕出現當時感染者的照片，白火一看見螢幕上的患者就嚇得吸口氣。

感染者身上有著和她手上類似的黑色刺青，並且——沒有影子！

「格帝亞症候群的感染因素與治療方法均不明。患者的身體會出現類似烙印的奇怪刺青，而出現刺青的身體部位會呈現組織壞死、瓦解等症狀，患者甚至會失去影子。有一種說法是患者的影子變成了身體上的刺青，而患者最後被自己的影子吃掉了。即便有捱過格帝亞病毒的例子，但那些戰勝病魔的人也會早逝。」

白火怔忡了好一陣子都沒回過神來。

艾米爾的意思就是——罹患格帝亞症候群的人會失去影子，並出現烙印般的刺青。

她不禁瑟縮起身子，時空管理局的人不可能沒發現她沒影子的這件事情。艾米爾先前一直拉著她的手，想必也看見她左手手背上的刺青，但是對方始終悶不吭聲。

這麼說，不只是她一人，艾米爾、剛才的暮雨、還有在公共大廳看到的其他人，大家都是格帝亞症候群的感染者囉？

她從小時候就被稱作「沒有影子的白火」，既然感染了病毒，為什麼她還能活那麼久？再說，病毒爆發不是2800C.E.之後的事情了嗎？為什麼會扯到她身上來？

「艾米爾，你說格帝亞症候群的患者會失去影子、身上有刺青，那剛剛你……」

「失禮了。白火小姐的推測沒錯，我手背上的就是格帝亞病毒的刺青；另外，您應該也看見了吧，我並沒有影子。」

艾米爾再度拿下手套，白火以為自己又要被轟一槍，沒想到對方只是露出手背來讓她看清楚刺青的模樣。

「我繼續說下去。格帝亞病毒爆發後，一部分患者捱過了病毒，並在火星產下了後代。那些被生下來的孩子，擁有了和格帝亞病毒共存的抗體。」

「與病毒……共存？」

「沒錯，那些誕生下來的孩子體內擁有格帝亞病毒的抗體。患者後代的外貌、壽命與正常人無異，但他們和雙親相同，一樣沒有影子，並且身上會出現病毒的病徵——也就是我手上這種黑色刺青。這些刺青我們稱為『格帝亞烙印』。」

白火不禁摸了摸藏在桌底下的手，他說得沒錯，確實就像烙鐵燒印上去的一樣。

「就如您剛才所見，白火小姐，研究領域尚未辨明，然而格帝亞烙印擁有非比尋常的力量，像剛才對您……剛才從烙印上召喚出的槍枝，就是烙印的一種。」

「一種？意思是還有各種不同的力量囉？」

「是的，隨著烙印的形狀與位置，所產生的力量也大相逕庭。像您剛剛看見的暮雨科長……很抱歉，我換個例子。」顯然是想起剛剛白火被賞耳光的不好回憶，艾米爾識相的止住了口，換了個比喻：「就拿我們時空管理局第二分局的局長來說吧，我們局長的烙印位於右眼，使用烙印力量時，與局長對視的人或動物就會呈現緩速的狀態喔！」

「那麼大致上就是這樣——滿意了嗎？白火小姐。」芙蕾適時劃下了句點。

白火現在感受到了，即便芙蕾有著溫婉氣質的知性外貌，但她的個性全然不是這麼一回事。

芙蕾撐著頭，終於按捺不住性子高聲問道：「我從剛才開始就想問了，白火小姐，妳是裝傻還是真的傻了？沒事問世界浩劫和格帝亞烙印的事做什麼？看妳的手和沒有影子的狀況，妳不也是烙印者嗎？」

「……」原來她也發現了，白火只好乖乖抽出藏在桌底下的手，攤露出左手手背上的烙印，「可是，這種事情我從來沒聽其他人說過，身邊也沒有這樣的人……從小我就因為沒有影子而被欺負，是第一次聽見有關病毒的事情。」

聽到這，芙蕾眉頭一皺，她發現當中的不尋常了。

「白火小姐，妳是哪個年代的人？」

白火不可能是感染病毒的第一批患者，因為她對於影子和烙印一事並沒有陷入恐慌。如果擁有格帝亞烙印，她肯定是宇宙移民後——至少是2800C. E. 幾十年後的人類。

白火自己也很困惑，她壓下緊張得怦怦急跳的心鼓聲，有股說出話來就會引起騷動的預感。她說：「公元二〇一二年的臺灣……我是從那裡來的。」

果然，不出她所料，才剛報出年代，艾米爾和芙蕾就像是被雷劈到那樣愣在原地。

「妳說……2012C. E. ？」

「是、是的。」

「不可能，這不可能。格帝亞烙印是2800C. E. 後才出現的東西，妳在說謊嗎？」

「……我沒事說這種謊做什麼啊？」面臨這樣的質疑，白火也跟著煩躁起來，她聽到格帝亞烙印的消息也是又喜又慌，這種節骨眼下騙人根本是吃飽太閒。

艾米爾托腮一想，鎮靜的臉色也有了點變化，「那麼就去查證吧，白火小姐。」

「查證？怎麼查證？」

「所謂歸一理論，時空裂縫是成雙成對的，一定是有一個裂縫把您吸入時空裡，然後從另一個裂縫放您出來，就像是入口出口的原理。只要找出您那個年代的時空裂縫，就能將您送回到2012C. E. 的世界了。」

「聽起來好像很難……有辦法嗎？」

「當然可以，那可是我們鑑識科的拿手絕活。」芙蕾搶在艾米爾開口前回答，照她的眼神看來，她還是很難信服白火是來自如此遙遠過去的人，雖然白火的衣裝風格確實停留在過去，「我現在就找出那個送妳過來的時空裂縫，然後妳就能平安回家了。」

——就這麼想趕我走嗎……

白火縮起肩膀，決定把芙蕾帶刺的話當作是自己多心。

芙蕾走到前方那些精細電腦儀器的位置前坐下，開始揮手勾勒出數個大面積鍵盤，數量多到簡直占據她半個視野。她自顧自的開始敲敲打打起來，眼前的大型電腦螢幕隨著她的動作不斷轉換視窗、更新數據。

「真是不好意思，給您添了這麼多麻煩，時空裂縫所在地確認完畢後，我會請暮雨科長來向您道歉的。」等待期間，艾米爾又向她行了個禮。

「沒關係的，要不是他那一巴掌……呃，我可能到現在都還不相信自己來到了未來世界。」

「暮雨科長雖然看起來很冷漠，脾氣也有點暴躁，但他是相當可靠的人喔！是我們時空管理局第二分局的重要成員。」

「科長？」看來時空管理局內部細分很多部門。

白火努力回想暮雨的外貌，那個冷峻的面容和態度，以及賞巴掌不手軟的氣勢，想必是個魔鬼上司。

「對了，艾米爾，暮雨先生為什麼手上會有傷呢？」

「那是因為最近種族紛爭四起……剛才有提到，並不是所有迷子都有辦法回到原本的時空，一部分迷子不得已只好定居下來，進而造成種族衝突和時代隔閡，管理局的其中一項工作就是調停這些紛爭。」

「用武力調停嗎？」

「一開始先是口頭勸說，武力才是最後手段。暮雨科長也是因為武力調停的案件增多，脾氣才火爆了點。還請您諒解，白火小姐。」

「沒關係，況且離開的時候我不是會被消去記憶嗎？到時候連暮雨先生是誰都會忘得一乾二淨，所以用不著向我道歉啦！」

總覺得說這種話有點感傷，畢竟她等等就會失去有關這裡的一切記憶，白火的神情稍微黯淡下來。

回到2012C.E.後，她會遺忘格帝亞烙印一事，再次成為沒有影子的白火。

不只是這一點，她還有股說不上來的奇妙感覺，那個名為暮雨的青年，不知怎的掛在她心弦上久久不能散去……

「——怎麼可能？」

此時，在電腦儀器前作業的芙蕾，驀地高呼一聲。

數個電腦螢幕頓時反黑，並出現大大的紅色警告標示，螢幕全部亮起紅色警示燈，坐在中央的芙蕾幾乎被紅光染色，褐色捲髮也變成了紅色。

「芙蕾小姐，怎麼了嗎？」

「……居然又來了，找不到。」

「是？」

「找不到 2012C.E. 臺灣地區的時空裂縫。」芙蕾的口氣按捺不住訝異，她連忙望向白火，「妳真的是從過去來的？」

「當然，就是二〇一二年的臺灣。我不是說過了嗎？家人還等著我回家，我為什麼要說謊？」比起找不到回家的路這點，白火更在意的是芙蕾那句「又來了」，是很常找不到時空裂縫的意思嗎？那不是有一大堆人都回不了家嗎！

「白火小姐，您在被吸進裂縫時，有沒有出現什麼異狀呢？人、事、物都行，有沒有出現什麼不對勁的東西？」眼看著女人間的戰爭一觸即發，艾米爾立刻站上前擋在兩人之間。

「不對勁嗎……倒是有。」當時自己的意識很清楚，何況對方的打扮太過顯眼，她想忘都難，「在黑洞出來之前，有一個紅頭髮、琥珀色眼睛的男人，他突然抓住我的手背，說了句什麼『找到了，格帝亞烙印』後，就蒙住我的眼睛……然後黑洞、你們所說的時空裂縫就出現了。」

「您是說有個男人知道您是烙印者，並且製造出時空裂縫導致您被吸進裂縫裡？」白火思忖了數秒，篤定的點點頭，「黑洞是在那個男人之後出現的，應該不會是巧合才對。」

「這麼說，又是人造裂縫闖的禍啊……」

「什麼？人造裂縫？」她沒聽錯吧，黑洞可以人造？這世界真的沒問題嗎？

艾米爾和芙蕾都陷入沉默，這股靜寂沉重得可怕，白火不禁心頭一涼，指尖傳來了顫意。

「等、等一下，你們那樣到底是……難道說我回不去了嗎？」

「雖然不是第一次發生這種狀況了，但 2012C.E. 裡居然有格帝亞烙印者還是有點奇怪……艾米爾，請局長來一趟吧。」芙蕾搔搔臉頰。

「我知道了！」

白火就這樣看著艾米爾快步走出房間，現場只剩下她和芙蕾大眼瞪小眼。芙蕾一看就是不會主動向她解釋現況的人，她只好乖乖坐在椅子上，不發一語。

十分鐘後，艾米爾回來了，帶了一位穿著白袍的高瘦男子。如果猜得沒錯，那個白袍男子就是他們所說的局長。

事情到底有多嚴重？居然連局長都出現了。

男子率性的走近她身邊。局長畢竟是不得了的職位，就算白火不是局裡的一員，她還是本能的站了起來，點了一下頭當作是禮貌。

「我在來的路上聽艾米爾小弟講了。一個二十一世紀的舊腦袋迷子居然是格帝亞烙印者，重點是還回不去了——事情大概就是這樣對吧？」

局長看了所有人一圈，接著定睛在白火身上，像是研究員盯著白老鼠那樣兩眼發光，嚇得白火心想是不是下一秒自己就會被抓去解剖。

局長托住下巴，仔細端詳著白火，「我還以為會是什麼樣的人呢，怎麼，不是挺正常的可愛小妹妹嗎？眼神稍微銳利了點，不過倒是挺吸引人的啦！」

「……局長，請不要做出這種有損禮儀的言行。」艾米爾輕咳了一聲，他也走到白火身旁，開始做介紹：「白火小姐，這位是時空管理局第二分局的局長安赫爾．布瑟斯先生。局長，這位就是我剛剛提到的白火小姐，2012C.E. 的格帝亞烙印者。」

「妳好呀白火妹妹，我是這裡的大哥，用不著太崇拜我，叫我安赫爾就好了。」

白火接過安赫爾友好伸出來的手，「您、您好，我是白火。」她抬高視線看了局長一眼，第六感告訴她這個局長絕對是個怪人，一個機構的上級照理來說都不會太正常。

雖說是局長，安赫爾年輕得看起來不到三十歲，身長高了她將近一個頭。他的髮色是她從未見過的細雪銀白色，外貌俊秀，輪廓深得恰到好處；尤其是他的眼睛，安赫爾寶藍色的瞳孔像是會勾魂攝魄一樣，一不小心整個靈魂就會被吸進他的眼睛裡。

白火突然想起剛才艾米爾說的格帝亞烙印，她稍微湊近一瞧，安赫爾右眼瞼下附近果然有著類似刺青的特殊深色紋樣。這下她懂了，每個烙印者的烙印都不盡相同，安赫爾臉上的烙印和她手背的形狀並不太一樣。她低頭看向地板，安赫爾自然沒有影子。

「吶，妳在這待這麼久，會不會肚子餓啊？我這裡有小點心。」安赫爾從衣袍口袋裡摸出了一包小包裝餅乾，他的服裝看起來就是個醫生，口袋裡會放這種東西實在有點稀奇，「拿去吧，餓著肚子可不好。」

「……謝謝。」白火接過餅乾，包裝和臺灣看見的相差無幾，她本來還在想會不會到了公元三千年，食物就全部壓縮成膠囊那樣，看來是想太多。

她才剛打算撕開包裝時，腦中馬上出現了一個念頭——這裡會不會和黃泉一樣，一旦吃了東西就回不去了？

一這麼想，她索性放棄撕到一半的餅乾包裝，戰戰兢兢的站在原地。

「妳剛剛是不是想著『吃了就回不去』啦？是吧？是吧？」安赫爾發覺她的異狀，

湊到她身旁一問。

「……」

「看妳那表情，妳一定這麼想了對吧！喂，艾米爾小弟，這迷子也太有趣了，你上哪找到這麼有趣的迷子啦？哈哈哈哈！」

「局長，請您正經點！」不只白火快瘋了，艾米爾也快被局長逼到急跳腳，「現在可不是開玩笑的時候，白火小姐很可能是人造時空裂縫的受害者，我剛才不是跟您說過了嗎！」

「你就輕鬆點嘛，一直這麼緊繃會少年白喔！」

「局長！」

白火不禁走到芙蕾耳邊一問：「……你們家局長到底是幹嘛用的？」

芙蕾只回了簡單一句：「敗壞風俗。」

「好啦好啦，開場白就到此為止，趕緊切入正題吧。」最沒資格說這句話的安赫爾欣然接受大家遞來的白眼，他好像吸收陽光就能成長茁壯的向日葵那樣，只要感受到萬眾矚目就能充飽電，哪怕那些全都是瞪眼，「白火小妹，妳說妳來自2012C.E.對吧？手借我一下。」

白火伸出擁有烙印的左手。安赫爾抓著她的手腕東瞧西瞧，不時翻過掌心，又一瞬間貼近她手上的烙印眨眨眼。

「和一般的烙印不太一樣呢。」

「什麼意思？」

「白火妹妹，妳有使用過格帝亞烙印的力量嗎？就像剛剛艾米爾變出槍然後轟妳一發子彈那樣。」

安赫爾連她被轟一槍都知道了，他說不定也知道之後她又挨了暮雨一巴掌。

「沒有，我直到剛剛才知道這烙印是什麼東西。」

「真是有意思，果然是個充滿謎團的女孩呢！不過因為好麻煩好複雜我決定先放著不管，好了，進入下一個主題吧！」

「……」沉住氣、沉住氣！白火不斷深呼吸、吐氣。只要能回到老家什麼都好，就算被這個局長當成皮球踢來玩也沒關係，只要能快點結束這場鬧劇，她什麼都願意做！

「我就先來介紹一下背景吧，近期時空裂縫的出現頻率瞬間激增，導致出現了大量迷子與碎片。白火妹妹，妳就是其中一人。」

安赫爾揮手，拉了個電腦螢幕過來，顯示出這段時間的時空迷子數據。白火什麼也看不懂，但是光看螢幕上一下子飆高的曲線圖，再笨也能察覺到事情不妙。

「經過鑑識科的調查，發現是有人刻意製造出時空裂縫。這些人為的時空裂縫，我們稱為『人造時空裂縫』。」

「那種東西可以人造？太危險了吧？」

所以害她被吸進公元三千年世界的罪魁禍首，就是早上遇見的那個紅髮貓眼？那傢伙搞什麼啊！重點是如果時空裂縫可以人造，那世界不是會大亂嗎！

「畢竟是近期才出現的事件，我們還沒有辦法掌握狀況。現在唯一可以確認的是，製造出人造裂縫的凶手很有可能自己也會被吸進去。時空裂縫成雙成對，如果自己被吸進去的話，就難以控制裂縫的出入口，甚至會被關在黑洞裡永遠出不去。因此就算知道時空裂縫的製造方法也沒什麼人敢嘗試，就是這樣。」

「那害我來到這裡的紅髮貓眼……那個人幹嘛冒這麼大的險把我帶來這裡？」

「因為他是敢死隊，他很勇敢，嗯。」

安赫爾無視白火遞來的險惡眼神，歪歪頭繼續說：「我想想喔！白火妹妹，看過《哆啦A夢》嗎？哼哼，嚇到了吧，公元三千年還存在著這部作品呢！」

安赫爾看著白火遲疑的點點頭，滿意的說：「我就用這個來做比喻。被自己創造的人造裂縫吸進去的話，差不多就像是哆啦A夢的穿透環道具用到一半，結果有人突然把穿透環拔掉的感覺？就是會半個身子卡在牆壁裡出不來啦！白火妹妹，妳能想像那種恐怖畫面嗎？根本超可怕、超血腥的！所以局裡沒人敢當實驗品。」

明明已經不想理這個混蛋局長的白火，腦袋裡還是不由自主照著局長的形容開始幻想：穿透環用到一半被人拔掉……不行，光是想像，腰間就沒來由痛了起來，她頭皮都開始發麻了。

「……接下來還是請讓我解釋吧。」無可奈何，艾米爾只好又向白火敬禮致歉，雖然是他自己把局長帶來的，但這果然是個天大錯誤，「人造裂縫與一般裂縫最大的不同就是消失速度，因為製造者可以自由控制裂縫的形成和消失，探測器才會無法捕捉時空裂縫的位置。」

白火想起剛才電腦螢幕上亮滿的紅色錯誤警示，看來螢幕會亮紅燈就是那個原因。紅髮貓眼多半是把她扔到這裡來後，馬上把時空裂縫關了。

「照你們說來，那個人造的東西應該很危險吧，為什麼數量還會大增？」

「因為很賺啊。」安赫爾無奈的聳聳肩。

「什麼？」

「哼，隨便在哪個時代創造出時空裂縫，把古董或古蹟吸過來再拿去賣，根本就賺翻了。」他既羨慕又嫉妒的說著：「像是到秦朝吸一堆那個叫什麼……兵馬俑？幾千年前的東西我不記得了啦，反正就是抓一堆假人黏土過來賣，絕對是無成本暴利。因為世界曾經耗竭過一次，那些殘存的歷史文物更是稀有，價錢可以一舉翻盤好幾倍。」

「所以那個紅髮貓眼到底是怎樣？他是來偷古蹟的？」偷東西就偷東西，沒事把她推到黑洞裡做什麼啊？她長得像秦始皇的陶俑嗎！

「不知道耶，近期鎖定的通緝犯沒有紅髮的傢伙，不如我再幫妳找找？」

「那我現在到底該怎麼辦？我回不去了嗎？」

「唔，要回去的話只有兩個方法。」安赫爾豎起食指，置身事外的開始解說：「第一個，等待天然的時空裂縫再次形成，而且還是要連結 2012C. E. 臺灣的時空裂縫，這個機率應該和連續中三期彩券頭獎一樣低，所以妳就放棄吧。」

接著，他比了個二，「第二個，找出妳說的那個紅髮貓眼，逼他再開啟一次人造裂縫，因為只有同樣的人才能創造出一模一樣的時空裂縫。」

「……」活了十八年，白火第一次體會到什麼叫做神經衰弱。她萬念俱灰的盯著安赫爾，喉嚨像是聲帶被剪斷那樣發不出聲音來。

「那就這樣，局長大人我很忙，掰啦！」安赫爾察覺苗頭不對，自認為俏皮的拋了個媚眼，一溜煙的閃了。

刷的一聲，安赫爾走出電子自動門，背影快速瀟灑的不帶走一片雲彩。

「……吶，艾米爾、芙蕾。」一看見局長不負責任的離開了，白火縮著肩膀，欲哭無淚的回頭看著那兩人，「雖然剛剛我被轟了一槍，然後又被賞了一巴掌，根本痛得要命……可是，這果然還是夢吧？」

「不要逃避現實。」芙蕾無情的宣布。

「可是、可是——」

「沒有可是。還是說妳想再被開一槍？」

白火閉上嘴，她偷瞄了一眼艾米爾，那個金髮少年雖然彬彬有禮，但一臉就是「妳要是再不面對現實我只好失禮了」的表情，絕對會乖乖遵從芙蕾的指示。要是再追問下去，她可能會被當場打成蜂窩。

「總之，白火小姐，今天我先送您去休息吧。有關時空竊賊的事，我們會儘快替您處理的。」

——如果沒辦法馬上回去，那有辦法寄信嗎？

白火連問都不敢問，如果可以寄信回家的話，那她乾脆請郵差把她裝到箱子裡封死送回2012C. E.還比較實際。她嘆了一口氣，明明想哭，卻一滴眼淚也流不出來，只好乖乖跟在艾米爾後方離開房間。

★※★◎★※★

隔天早上，睡醒的白火緩緩睜開眼，一打開眼皮就看到潔白到出奇的天花板，這顯然不是她房間的擺設。

她掀開棉被起身，房內設有簡易的書桌和衣櫃，白色牆壁單調無奇，除此之外就只有一張床和床邊的小矮櫃，家具只維持在生活的最低限度。她又環視了一圈，遲遲無法反應過來，這裡好像是病房的樣子。

她下意識摸摸自己的頸子，沒有，掛在脖子上總是不離身的項鍊不見了。

當她看見矮櫃上擺著水壺和換洗衣物後，再次惺忪的瞄了一眼身上的衣服，彷彿是給病人穿的白色睡衣。這裡果然是病房。明明一點皮肉傷也沒挨，實在搞不懂為什麼自己會睡在病房裡。

「醒來了嗎？白火小姐。」

設置在床頭上的通訊器突然發光，出現了人聲。

白火嚇了一跳，是艾米爾的聲音。

——艾米爾？

「……啊，想起來了。」

沉默了五秒左右，白火苦澀的掩住自己的臉，回想起昨天發生什麼事情了。被人推進黑洞裡然後來到公元三千年，這麼淒慘的遭遇不如遺忘一輩子還比較好。

她當然還是非常渴望把這個現實寄託為夢境，不過都睡一覺了還是聽見艾米爾的聲音，現實果然殘酷。

白火爬到床頭旁，也不知道該怎麼操作通訊器，應該就是按下按鈕然後說話吧？她按了一下綠色按鈕，對通訊器說道：「醒來了。」

「那麼請換上衣服並梳洗一下吧，我在外頭等您。」

白火看了一眼床頭上對摺整齊的衣服，是昨天外出時穿的那套，她伸手拿起衣服。

「洗過了耶？什麼時候？」柔軟又蓬鬆，還有剛送洗過的香味，是誰這麼迅速趁她睡覺時把衣服拿去洗——才想這麼問她就猜到了，也只可能是艾米爾一個人。

照他那樣子，乾脆別去當什麼時空管理局的成員了，去當個管家還比較實際。

白火乖乖換上衣服，到盥洗室整理好儀容。公元三千年的盥洗室比她家的多了股科技感，但也不會像山頂洞人來到近未來那樣根本不知從何下手，洗手檯和水龍頭還是長那副模樣。

不想讓艾米爾等太久，她只花了十分鐘左右便做好準備，反正身上除了錢包外一無所有，何況錢包裡的錢根本沒辦法用，悠遊卡也不能拿來刷，她頂多把錢包放在口袋裡就兩手空空的走向房門。

「啊……對了，差點忘了。」

白火像是想起什麼似的折了回來，拿起矮櫃上的小型翻譯器，扣上耳朵後側。

她之前就在想艾米爾他們明明是外國人，為什麼沒有語言隔閡的問題——原來是因為有翻譯器在運作。其實她在一開始就被裝上這迷你翻譯器了，只是體積太小又太輕，根本沒有察覺耳朵後面被塞了東西。

剛才那個嵌在床頭旁的通訊器也具有一樣的功能，否則她根本無法在剛睡醒的狀況下聽清楚艾米爾的話語內容。如果沒有這樣先進發明，她實在無法想像無依無靠處在這種陌生的環境下要如何生活，根本就像是突然被人口販子賣到語言不通的國外一樣。

準備就緒後，白火走出房外。

「早安，白火小姐，昨晚睡得還好嗎？」艾米爾和昨天不同，穿的是便服。

「託你的福。艾米爾，衣服是你拿去洗的嗎？謝謝你。」

「請別這麼說，這是我的分內工作。那麼請隨我來，我帶您去用餐。」

根本被照顧得服服貼貼……明明是遇難，卻有種置身在五星級飯店的錯覺。白火不禁咋舌，如果回不去了，一輩子接受這種待遇似乎也不壞？

穿越純白色走廊時，白火不時嗅到醫院裡的濃重藥味，她更加篤定了，自己昨天果然是睡在病房裡。

路上的行人均為管理局相關人士，每個人都穿著不同顏色的制服，她邊走邊觀察，大約看見了四種顏色。感覺自己好像走錯棚，這麼繽紛亮眼，分明是《百獸戰隊》的拍攝現場。

來到餐廳，她發現艾米爾早已幫她準備好早餐。她不禁感嘆：「行事快如風啊……」

「請問怎麼了嗎？」

「沒什麼。」她盯著眼前的食物，絲毫沒有下嚥的心情，「艾米爾，你們當初把我撿來的時候，有看到一條項鍊嗎？」

「什麼意思？」

「一顆藍色的石頭，形狀長這樣，掛在我的脖子上……」

艾米爾有些遺憾的搖搖頭，「沒有看到那樣的東西……可能在穿越黑洞時，因風壓太大的緣故而被吹散了也不一定。」很多迷子飛過來時也會遺失持有物，多半是掉落在黑洞裡了，「是很重要的東西嗎？」

白火沉默了半晌，「沒關係的。」她沒做多大表示，接著問：「我問你，我要在這裡待多久？」

「很抱歉，我也不清楚。但是請您放心，在您回去之前，管理局將會提供最基本的生活所需，直到您回到原本的時空。」

——五星級難民營嗎？公元三千年的稅金一定很重。

既然連時空管理局的專業人士都不清楚她什麼時候才能夠回去了，白火也不想就這樣一無所知的待下去，她決定繼續詢問一些有關時空管理局的知識，以及公元三千年的現況。

而擁有格帝亞烙印的她，究竟該何去何從？

「艾米爾，可以告訴我有關管理局的事情嗎？像是制服的顏色為什麼不一樣？昨天也聽見你們說什麼鑑識科的……」

「好的，那我將為您──」

「啊，還有，用不著對我這麼客氣，平常的樣子就行了，你這樣也很辛苦吧？」應該說光是看艾米爾那副禮數，白火自己也緊繃到不行，根本就快窒息了。

「那我就恭敬不如從命了，非常謝謝妳。」

「老是這樣保持禮儀也很累吧？」

「沒這回事，這是我的分內工作。」艾米爾尷尬的笑了聲，去掉了敬稱，口氣總算平順了些，「我就先介紹時空管理局的部門吧。管理局總共分有四大部門：調停科、鑑識科、醫療科以及武裝科。現在記不住也沒關係，會慢慢記起來的。」

艾米爾侃侃解釋四大部門的工作性質。

首先是調停科，顧名思義就是負責透過勸說等柔性方式解決種族問題的部門，不具有武力，制服的顏色是綠色。白火至今還沒有遇到調停科的人。

第二個是鑑識科，負責研究時空裂縫路徑的科學小組，並預測出時空裂縫出現的粗估時間，讓迷子回歸正常時空的部門。同時也負責巡視不定期出現在宇宙的時空裂縫，並且在第一時間前往救援迷子。鑑識科也回收穿越裂縫而出現在宇宙中的時空碎片，簡單來說就像是遺跡挖掘隊那樣。

艾米爾和芙蕾就是鑑識科一員，制服顏色是藍色。近期因為人造時空裂縫事件頻傳，鑑識科的工作更加繁忙，難怪芙蕾的脾氣異常煩躁。

「所以當初就是艾米爾救了我啊！要是沒有你們，我可能就變成宇宙垃圾了呢，謝謝你。」

「請放心吧，白火小姐，一來妳的時空裂縫是在星球內部出現的，二來只有人造衛星那樣體積的東西才有機會成為宇宙垃圾，妳比宇宙裡的粉塵還小，砸落地表之前就會在游離層被燒得連灰燼都不剩喔。」

「……」白火決定把這句話當作耳邊風。這個少年就某方面而言攻擊性很強。

艾米爾繼續講解：「第三個部門是醫療科。」

醫療科是安置時空迷子的主要場所，同時也處理迷子精神不穩、武裝科科員傷勢等狀況。當迷子回歸原本時空時，也是由醫療科來執行消去記憶的工作。昨天那個怪胎局長安赫爾就是醫療科的成員，一身白袍就是醫療科的特徵。

慘了，那種傢伙居然是醫療科的……白火眼角掛了一打黑線，照昨天安赫爾那種個性，之後回去的時候說不定還會被他挖走一塊內臟或是多縫上一隻腳什麼的，光想就讓人牙齒發抖。

「最後一個是武裝科，是管理局裡最特別的部門。」

「聽名字就能感覺到了，就是你昨天提到的，用武力解決紛爭的部門對吧？」

「是的。武裝科原本是調停科的分支，由於定位太過於特殊，才決定獨立成一個部門。當調停科調停失敗的時候，武裝科將會以武力介入，強制中止種族或時空所造成的紛爭，裡頭還細分成武裝組和諜報組，可說是管理局內最具爭議的一個部門。成員數量相對也最少。」

白火能理解，那種以暴制暴的方式的確很兩極。

「還有更特殊的一點，為了因應各種戰鬥，武裝科的成員全都是格帝亞烙印者。」

「咦，全部嗎？」

「是的。像妳昨天看到的暮雨科長，他就是武裝科的科長喔。」

「所以暮雨先生才會受那麼重的傷？那不是很危險嗎？」

白火回想起昨天看見暮雨的樣子，整隻左手臂血淋淋。他穿著一身黑軍裝，看來武裝科的制服是黑色。

「聽暮雨科長說，那傷似乎是任務中突然被人襲擊的樣子。」

「突然嗎？」常常以暴制暴，所以走在路上還會被偷襲嗎？這個部門也太折騰人了吧！白火覺得賞了她一巴掌的暮雨其實也挺有苦衷的。

「嗯，如果只是平常的攻擊，暮雨科長不可能躲不掉，好像是偷襲的人身手了得的樣子……科長也沒說對方長什麼樣子，我就不好意思追問下去了。」

「那個，艾米爾……」聽到這裡，白火決定賭一把試試，畢竟她也不清楚自己得待在這裡到什麼時候，不如豁出去了，「有沒有什麼我可以幫忙的？既然我是那個什麼格帝亞烙印者……應該可以做些管理局的工作吧？」

「妳是指妳想成為管理局的一員嗎？不行不行不行，很危險的！」艾米爾第一次表現得如此慌張，他瘋狂的搖頭，「局長交代過我要好好保護白火小姐，絕對不能讓妳從事這麼危險的工作！」

「局長交代的……果然是因為我有問題對吧？」根本早就已經猜到了，白火不驚不慌，局長會幹這種事本來就在她預料之內，「明明擁有烙印，卻是來自過去的人，你們一定很好奇這點才這麼關照我吧？」

「……很抱歉，白火小姐。」

「真的沒辦法讓我幫忙嗎？抓到那個紅髮貓眼也行，我也想快點回家啊。」

「我知道妳的心情，但是管理局的工作妳可能無法適應……」

「因為我是從二十一世紀來的舊腦袋？」

「……我沒有這個意思，妳也太敏感了吧？」艾米爾無奈的看了她一眼。

剛才聽艾米爾介紹管理局各個部門時，白火自己也有偷偷盤算了，武裝科那種賭命的部門她不可能加入，需要專業知識的鑑識科和醫療科她也沒辦法，那剩下的調停科總行了吧？

「那這個，我至少能用這個幫上忙吧？」絲毫不氣餒，白火晃晃自己有著烙印的左手，問道：「既然是烙印者，我應該也有像艾米爾那樣的力量吧？例如從手上變出一把槍之類的。」

「沒辦法的，白火小姐，大多數烙印者都需要經過一段時間的訓練才能使用烙印力量。何況格帝亞烙印的力量會隨著人類代代繁衍而減弱，烙印者和普通人類結合的話，後代的烙印力量就會遠遠不及純種烙印者的能力。因此大部分的烙印者雖然有著烙印，卻和普通人類沒有分別。」

「所以說像艾米爾那樣可以變出武器來，已經是很稀有的了？」

大致上來講就是混血兒和純種的分別，感覺把格帝亞烙印者認定是新的種族了。

「雖然有些不好意思，不過就是如此。」

聊著聊著，用餐也告一段落，艾米爾收拾起餐具，「關於管理局的介紹就到這裡，接下來我帶妳去外面逛逛，認識路之後，以後進出管理局就不成問題了，白火小姐。」

「等等，我可以出去嗎？」既然局長說要艾米爾好好保護她，白火以為她在回家之前都只能待在管理局裡混吃等死。

「是的。妳不想瞧瞧公元三千年的世界嗎？」

「公元三千年的世界？我想想，感覺放眼望去都是接滿雲霄飛車軌道的車道，還會有神秘的傳送空間，走在路上的人會飛，而且有很多機器人之類的……這樣的感覺？」

「妳的想像力真豐富呢，好精采。」

「……」她完全可以感受到艾米爾透過笑臉投射過來的鄙視。

「果然還是眼見為憑吧，請跟我來。」

★※★◎★※★

白火隨著艾米爾離開餐廳，搭上昨天的電梯直達一樓公共大廳。

「昨天我們是從停車場上來的，這次請走大門。」

艾米爾領著她走向管理局大門，為了因應大量人潮進出，管理局入口就像百貨公司那樣有著好幾扇自動門，門口鋪了地毯。

兩人走出管理局門口，上午的日光照耀而下，白火沒有陽傘，她第一個反射動作就是縮回陰暗處，像個小孩似的蜷縮到門口盆栽的影子後面。

「白火小姐，怎麼了嗎？」

「……啊，沒有，老毛病又犯了。」

也對，這裡不是二〇一二年的臺灣，走到哪都能看見和她一樣沒有影子的人，也沒必要躲起來了，她尷尬的從盆栽後面走出來。

「對不起，以前習慣看到太陽就躲起來，因為如果被人發現我沒影子就糟了。」

「一定很辛苦吧，我無法想像那樣的生活。」艾米爾安慰她似的柔柔一笑。

「嗯，大多時間都待在房子裡，根本不敢出門。」

她這個體質當然也引來不少湊熱鬧的群眾，但她是個家裡蹲，從不輕易出門，所以時間一久大家就認為只不過是謠傳而已，不然絕對會上新聞頭條。

「不過現在已經沒問題了，用不著害怕，請跟我來吧。」

白火跟了上去，走下時空管理局門口的階梯。

她放眼望去，其實和公元二〇一二年的街道並沒有多大差別，只是建築設計和交通工具多了幾分科技感；她接著看向馬路，公元三千年的世界是利用太陽能發電，確實解決了廢氣汙染問題，至少街道沒有灰濛濛一片。

更奇特的是抬起頭一看，真的有類似雲霄飛車鐵軌的車道，車子就在軌道上行駛。她記得一開始遇到艾米爾時，車子也是浮在空中，看來是磁浮列車之類的高科技產物。

「首先向妳介紹此地，目前的所在處是人造星球第二星都。」

看來又是一連串介紹了，白火看著興致高昂的艾米爾，不忍心打斷他，只好耐著性子問：「人造星球？」她一直以為自己在地球，原來不是。

「是的，目前總共有五個人造星球。分別為第一星都、第二星都、第三星都……以此類推。而我們位於第二星都。怎麼樣，名字很好記吧？」

「是挺好記。」她還以為會取什麼阿姆斯特朗旋風噴射阿姆斯特朗炮之類的名字。

「之前也說過，每個人造星球都有一座太陽能發電塔吧？請望向東北角，那棟高聳的建築就是發電塔，同時也是第二星都的中樞喔。」

白火順勢轉向東北角，一座高度超越杜拜塔好幾倍、甚至可說是突破天際的鐵塔映入眼簾，塔樓四方用著纜線固定，外層則是用太陽能板製成，時不時反射日光。太陽能高塔之外，則圍起了厚重的高牆。

為了營造出類似地球、適合人類居住的環境，人造星球外圍都有一層模擬大氣層的薄膜，而太陽能發電塔的尖端就穿透人工大氣層，即使肉眼看不見，但她猜想，吸收太陽熱能的高塔尖端應該直達宇宙。

「好、好厲害……」遙望著太陽能發電塔，她更加有種來到未來世界的真實感。如此高度，光是抬頭看就會閃到脖子。

「發電塔是人造星球的象徵，要是沒有這座塔就麻煩了呢，都市機能根本無法運轉。」艾米爾請她看向其他建築，「而我們現在站的地方，是第二星都13區的街道。」

「13區？」

「是的，目前各國聯合組成世界政府，加上人造星球的出現，大大增加了領地劃分的難度，因此就用區域來代替。不過硬要區分的話，現在這裡是德國的地盤就是了。」艾米爾顯然也不想談有關國土的繁雜問題，他轉了話題：「13區可說是第二星都的運作中心，像是時空管理局、太陽能塔、世界政府支部都設立在這裡。」

「就像是天龍國那樣？」白火看艾米爾一臉莫名其妙，她趕緊換了說法：「呃，就是很熱鬧的地方，首都的感覺。」

她這樣說，艾米爾就聽懂了，他同意的點點頭。

白火呼了口氣，心想：13區啊……說不定還有什麼美國51區之類的。

「話說回來，艾米爾，這裡有出現外星人什麼的嗎？」

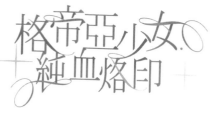

「外星生物嗎？當然有，不光是外星生物，還有被時空裂縫吸引來的異邦人喔。」

「異邦人？異世界的意思嗎？」

「是的。舉個例子嘛……差不多就像是遊戲世界裡的其他種族？」

「你是說頭上長角、會使用魔法，或是身上有翅膀之類的生物？」白火越來越好奇了，這個高科技時代居然會牽扯到非科學種族，這世界也滿好玩的嘛。

「大致上是這樣，不過應該沒有妳想像中的那麼誇張……」艾米爾退了幾步，透過白火發亮的眼睛，他感覺到對方的想像力應該可以像太陽能發電塔那樣突破天際，「大部分異邦人也是被時空裂縫牽連而來到這裡，有些甚至回不去了，只能在這裡定居。不知道妳有沒有注意到？管理局的部分成員就是異邦人。」

「你是說有長角的人嗎？我沒看見，下次我會好好注意的。」

「屆時請別嚇著對方了，我們的異邦成員內心很纖細。」很清楚她想做什麼，艾米爾無奈看了她一眼，「那麼，接下來我帶妳到別的地方吧。有特別想去哪裡嗎？」

「想去的地方？我也不知道這裡有什麼……」

白火偏頭一想，公元三千年的世界不管往哪看都很神奇，就算是去荒郊野外她應該也能很盡興。

想到一半，她帶點興奮的問：「市集或商店街怎麼樣？」

她一直很想去熱鬧的地方，但以前那種體質根本沒辦法出門，現在正是個好機會。

「我知道了，那就去那裡吧。請跟我來。」

★※★◎★※★

商店街距離這裡並不算遠，畢竟整個13區都是第二星都的運作中心。

公元三千年的世界裡，人行道沒有電扶梯這點讓白火有點失望，但無妨，就當作是多走路治療文明病吧。

步行約十分鐘以後，她看見兩旁開滿商店的寬敞街道。

在以前，她只敢趁著陰雨天偷跑到商店街裡，而現在她居然能在大晴天的狀況下正大光明的站在商店街門口，重點是也不需要撐傘，登時歡喜得說不出話來。

行人集中在商店街內，因為是平日的緣故，並沒有像假日那樣擠得水洩不通，能夠從行人之間的空隙看見櫥窗裡的商品擺設。

「和 2012C. E. 的商店街差很多嗎？」艾米爾以為她是因為差距太大而停下腳步，細心一問。

「也、也還好……只是有點感動。」白火吸吸鼻子，總覺得有點想哭，事到如今，就算這裡的商店街和臺灣的相差一千萬倍她也甘願，「就這樣走進去嗎？」她這個問題根本和鄉巴佬沒兩樣，也不想管尊嚴了。

白火甚至在想，公元三千年說不定才是她的世界？

「請跟好，雖說是平日，還是有走散的危險。」

她點點頭，緊緊跟在艾米爾身旁，和他走進商店街中。

商店街的人潮隨著走入街道深處而逐漸增加。白火雖然很想跑到街道兩旁把未來世界的商品盡情看個夠，但還是強忍下這股衝動，乖乖的走在艾米爾身旁。她現在可是個宇宙難民，管理局的人都親自來陪她觀摩了，再給別人添麻煩實在不好。

「有什麼想買的東西嗎？白火小姐。」一看見白火努力伸長脖子東張西望，艾米爾以為她是想買東西到無法自拔，「也是呢，對白火小姐來說是有很多新奇物沒錯。」

「不是想買……只是想看清楚而已，況且我也沒有錢。」

白火丟臉的垂下頭來，她只是想看看店裡的商品而已，哪裡有錢買東西啊。

「對了，艾米爾，這裡也是用現金交易嗎？」

她其實是想問她錢包裡的鈔票可不可以兌現，既然是將近一千年前的貨幣，多少也算是古董，應該可以賣不少錢才對。她甚至在猜，那個紅髮貓眼其實是想偷她的錢包，弄巧成拙才不小心把她推進黑洞裡。

「現金交易也是有，不過大多都是使用信用卡。」

艾米爾從皮夾拿出一張卡片，白火湊近一看，和 2012C. E. 的信用卡樣式類似，差別就在於她根本沒看過信用卡上印的銀行圖徽。她認識的銀行應該都倒光了。

「去雜貨店也用信用卡嗎？」

「雜貨店？那是什麼？」

看著艾米爾一臉疑惑，白火頓時有種自己是不是遇到足不出戶大少爺的錯覺，儘管這個金髮少年只是單純的提出疑問。

「雜貨店就是在我們那裡……怎麼說呢？比較古早味的商店。」原來現在已經沒有雜貨店啦，那就不能體會向老婆婆買一元糖果的樂趣了。

「古早味？」

「呃，古老，比較老舊的意思。」

「我想想……懷舊氣息的店面嗎？聽起來很有趣呢。」

艾米爾稍微想像了一下，以他這種超先進時代的腦袋頂多只能想像出沒冷氣的百貨公司，這已經是極限了。

「如果可以的話，我還真想去白火小姐的時空看看。」沒冷氣的百貨公司應該挺新奇的，說不定商品會打折。

「啊，艾米爾，那是什麼？」

感受到人潮明顯變多的白火指著前方一問。她的身高比較矮，眼前都被人牆擋住了根本什麼也看不到，只能隱約從細縫瞥見一點點景色，似乎是有個人在表演舞蹈的樣子，不斷有影子從她眼中閃來晃去。

艾米爾雖然比白火高了點，可畢竟還是個十六歲正值發育期的少年，於是他稍稍踮起腳尖，向前方看去。

「是街頭表演，白火小姐。」

「街頭表演？」原來公元三千年的世界也有街頭表演啊！說是這麼說，其實街頭藝人的表演她也沒看過幾次。

「想看嗎？」

白火點點頭，和艾米爾擠進人群裡，有技巧的鑽進人與人之間的縫隙，不一會兒便來到人牆的另一端，站到最前頭去了。

人群在商店街中央的廣場圍出個半圓，街頭藝人就站在圓圈中央。

街頭藝人是一名年輕的黑髮男子，留著一頭短髮、腦後又垂出一條直到腰際的長長髮辮，不僅是親切的東方面孔，還穿著紫色的中國長袍。未來世界裡居然還能看見有人穿著傳統中國服飾，不禁讓白火看得愕然。

辮子青年耍著軍刀，微彎的刀刃一下子被拋上空，他即時翻了個跟斗，只見被丟到天上的軍刀直直落下、不斷轉圈，刀尖與他的頸子擦身而過。

就在白火以為他要被割傷時，在半空中的辮子青年猛地扭過身子，在空中又是一個翻轉，一手接過軍刀，從容愜意的從天落下。

這身俐落功夫自然引起現場一片喝采，白火看得目瞪口呆，她側頭看向艾米爾一問：「艾米爾，這種穿著長袍的街頭藝人很常見嗎？」

「不，我也是第一次親眼見到，現在幾乎沒什麼人穿這種傳統服飾了。」艾米爾明顯也看得目不轉睛，開始鼓掌，「不只是長袍，我也是初次見識到這種街頭表演。」

白火以前也沒看過這種表演，那把刀怎麼看都是真貨，要是一個沒扔準，割斷別人脖子就可怕了。

奇怪的是四周都找不到用來讓觀眾丟錢的錢箱，她低頭一看，完全沒看到小提琴盒和或帽子之類的東西，那個辮子青年不是街頭藝人嗎？還是說公元三千年的世界已經不用零錢，改用丟信用卡當小費？

「非常謝謝大家！但是，這還只是開場喔——真正的重頭戲，現在才要開始！」

黑髮青年敬了個禮，腦後的辮子隨著他彎腰又滑了個半弧。青年幾乎遮住手的寬敞袖子晃了一下，袖子裡的拳頭一閃而過，「咦？」白火的驚呼聲馬上被掌聲蓋過，她似乎看到了一道光。

是看錯了嗎？她沒有想太多。

掌聲結束後，辮子青年抬起頭來，爽朗露齒一笑。

「接下來將為各位獻上今天最精采的表演，請看仔細了，一分一秒都別眨眼！」

他又把軍刀丟上空，然後看也不看的接住從天而降的刀柄，鋒芒反射出日照，映照出刺目的光點。他高舉軍刀，像等待全場目光都聚集過來似的，刻意暫停了動作。

絲毫猜不出來對方想做什麼，白火和艾米爾不約而同屏住呼吸。

辮子青年輕笑一聲，冉冉的、深怕沒有人看見似的，朝眼前劈下一刀。

他劈向的地方明明只是空氣，白火卻看見被刀刃割破的空間居然迸出裂痕，隨著軍刀往下，裂痕越擴越大，數秒內，順著青年舞動軍刀的軌跡，眼前竟然形成一道弦月般的暗紫色曲線。

「那、那是——」她和艾米爾呆愣在原地，他們兩個都見過那道裂痕。

弦月形狀的刀痕開始朝兩邊擴張，青年身前漸漸出現一個橢圓形的暗紫色空間。

隨著紫色空間擴大，空間內的氣流高速打轉，強勁的風壓宛如湧泉般噴洩而出，地上的粉塵和樹葉被捲起，在空中狂亂飛舞，然後毫不留情的被吸入紫色空間中。

看著那紫色空間，圍觀群眾一片喧譁。

白火喉嚨沙啞得說不出話來，「是時空裂縫！為什麼會——」

「哎呀，那邊那位長髮小姑娘，妳挺清楚的嘛。」辮子青年一聽到她的驚愕聲，嘻嘻笑了起來，「沒錯，是今日的主打秀喔！突然出現在商店街廣場的時空裂縫，怎麼想都很新奇對吧？」

「快點散開！別愣在原地！」領悟過來的艾米爾馬上對圍觀群眾大吼。

隨著時空裂縫拓張開來，黑洞的吸力逐漸增強，不只是樹葉、塵埃這類輕如鴻毛的物體，兩旁的行道樹都因這股吸力搖晃擺動，周圍頓時產生一股壓力。

即便一般民眾沒有親眼見識過時空裂縫，至少也看過新聞報章，時空管理局也是眾所周知的獨立機構，一目睹那足足有一人高的紫黑色空間，圍觀街頭表演的行人瞬間朝四面八方逃逸，現場陷入恐慌狀態。

「什麼，這麼快就溜了？原本還以為能留住幾個人的……嗚哇！」站在時空裂縫不遠處的辮子青年話還沒說完，就感到握住軍刀的右手一陣刺痛，他嚇得鬆開握住刀的手。

「嗚哇哇哇，那邊那個金髮少年你突然做什麼啊？好疼好疼，很危險的！」

艾米爾早已使用起烙印力量，喚出銀色手槍，朝辮子青年的手射出一發子彈。烙印力量造出來的子彈會隨著烙印者的意志改變，剛才那發子彈只是警告，他並沒有用真槍實彈打穿青年的手。

艾米爾雖然搞不懂那個辮子青年是怎麼做出人造裂縫的，但既然是用軍刀割開空間，十之八九和那把刀有關，因此他立刻射出一發子彈擊落青年手中的刀。

事實證明他想的果然沒錯——青年一丟了刀子，眼前的時空裂縫就逐漸縮小，化為一條細線消失在眼前，黑洞造成的強烈風壓也戛然而止。

「艾米爾，你沒事吧！」人潮一哄而散，白火差點被人群擠了出去，她連忙跑回艾米爾身邊，戒忌的瞪著前方。

她記得很清楚，之前那個紅髮貓眼也是用了不知道什麼方法割開空間，害她被吸進黑洞裡。莫非這個辮子青年和他是一夥的？

「真是的，這發子彈還真疼呢……是說那個力量，金髮少年，你是受過訓練的烙印者啊？」辮子青年甩甩發麻的手，時空裂縫消失了他也沒多大反應，悠哉的拾起地上的軍刀。

艾米爾沒有放下瞄準對方的槍，另一手從口袋亮出識別證，「時空管理局鑑識科，報上你的名字來！」他一改平時的禮貌態度，蹙起眉間。

「叫我陸昂吧。如你們所見，道道地地的中國純良好青年，為了掙點小錢才來這裡街頭賣藝。」

名為陸昂的辮子青年故作麻煩的兩手一攤，泛著詭譎光芒的手從紫色寬袖裡探出。

「金髮少年，原來你是伊格斯特的人吶？真是過分，把我的客人都嚇跑了。」

「鬼扯就免了，剛剛那是怎麼回事？」

「看也知道吧？人造黑洞呀！想說在這種公共場合下打開應該會很有趣，所以就小試了一番。」陸昂裝模作樣的搔搔臉頰，「唔——要是沒有少年你阻撓的話，現在事情應該會變得更有趣才對？」

「開什麼玩笑！你是想讓民眾被吸進裂縫裡嗎！」萬萬沒想到逛個街也會遇上時空裂縫，而且還是當場目睹裂縫被切開的場景，艾米爾下意識繃緊了神經，「這陣子不斷做出時空裂縫的竊賊就是你嗎？」

「什麼？你說我是賊？少年，你這玩笑話也太傷人了吧。我都來這裡賣藝了，哪可能是什麼賊呢？」

對方始終是那種事不關己的輕浮態度，更是讓艾米爾火氣上升，他吁了口氣，低聲問了身旁的白火：「白火小姐，妳見過他嗎？」

白火搖搖頭，「……不是這個人，把我帶來這裡的人是紅髮。」

她記得很清楚，當時現場除了她和紅髮外，沒有其他人在。

「吶，我說金髮少年啊，你旁邊那個小姑娘是迷子嗎？」陸昂用下巴點了點白火，看白火那身不合時宜的穿著，他似乎早就猜到了，「而且瞧少年你那身便服裝扮，今天休假啊？難得休息日還得帶著迷子逛大街，伊格斯特的責任制度還真是辛苦了呢。」

「少囉嗦，我要把你帶回局裡！」已經不想再和這種吊兒郎當的人廢話了，艾米爾一手護著白火，另一手立刻朝陸昂扣下扳機。

這次他沒有手軟，槍口打出真正的子彈，三發帶著硝煙味的子彈急速逼向陸昂。

陸昂自然不會乖乖站在原地當靶子，他彷彿看透子彈的軌跡，輕鬆往右一閃，剩下一發躲不過的，乾脆直接用軍刀刀面將其擋住。

咚的一聲鈍響，子彈撞上軍刀，失去衝力掉到地上。

「那、那是……格帝亞烙印？」一旁的白火總算看清楚剛才陸昂袖口裡的白光是什麼了，是手背上的格帝亞烙印。

陸昂手背上的烙印白光連結著軍刀，那把刀就是烙印武器。

「你是烙印者？」

礙於安全疑慮，大部分可以召喚出武器的烙印者都會被納入管理局中，管理局以外的烙印者可說是少之又少。因此，連艾米爾也愣住了。他再度朝地面一瞥，眼前的這個辮子青年明明有影子——就是因為他有影子，他和白火先前才沒有發現異狀。

陸昂手背上的烙印明顯和一般的格帝亞烙印不同，與其說是烙印，不如說像是毒蛇一般的刺青。

「可別以為烙印是你們的專利喔，伊格斯特的金髮少年。」陸昂瞇眼一笑，俊秀的鳳眸彎成了兩條細線，「不過，畢竟是槍械什麼的，似乎有點危險呢……不介意我要點計謀吧？」

「什——」

艾米爾還來不及回答，只驚覺到眼前閃過一道黑影，陸昂不見了！

同一時間，白火感覺到一股寒風削過耳際，背後一冷——消失在眼前的陸昂，竟然出現在她身後，一把用胳臂拐住她的頸子。

「呃、你……」她整個人被往後拖，拉開和艾米爾的距離。

「白火小姐！」

「這迷子姑娘挺可愛的，我也於心不忍呀。」陸昂不改笑臉，另一手用軍刀抵住白火的咽喉。即便他在笑，微瞇的黑瞳孔裡可是看不見任何笑意，「反正是當這種陽春型的壞人，我就省下一些臺詞吧。」

剎那，他的鳳眸散發出狠毒殺氣。

「——金髮少年，乖乖把槍丟掉。」

「你這傢伙……」

「不是收起來喔！是丟掉，把武器丟過來。」

艾米爾嘖了一聲，在白火淪為人質的情況下他根本無法還手，他完全清楚那個叫做陸昂的青年在打什麼算盤。

只見刀尖距離白火的脖子越來越近，「……嗚！」一陣刺痛逼得白火皺起臉，頸部已經被軍刀劃出了一道淺淺的傷口。

「不是叫你把槍丟過來嗎？我可不是什麼憐香惜玉的好心人，少年，你真當以為我不敢割開她的喉嚨？」

看見白火咽喉上的紅色血珠，艾米爾氣得咬牙切齒，他一鬆手，把手中的槍拋到陸昂面前。

「真是乖孩子。」陸昂一看見拋過來的銀色手槍，便馬上放開了白火，伸手抓住槍枝，並用另一隻握有軍刀的手往旁邊一推，把白火推到遠處。

白火踉蹌幾步後站穩，轉頭見艾米爾的神色明顯不對勁，她連脖子上的血珠都來不及擦掉，急道：「等等，艾米爾！你到底是——」

她有股不好的預感，為什麼陸昂不是叫他放下武器，而是命令他把槍扔過來？

陸昂把銀色槍枝往上扔，轉了轉手上的軍刀。

「可能會有點痛，請你將就一下啦。」

接著，他手用力一揮，把即將落下的銀色槍枝劈成兩截。

「嗚……啊、呃啊啊啊！」

槍枝被截成兩半的須臾，艾米爾放聲慘叫，他痛苦得面容扭曲，彷彿要挖出自己的心臟般用雙手緊緊攫住胸口，兩腿一跪，當場頹倒在地上。

「艾米爾？！」

可說是本能性，白火推開擋在眼前的陸昂，衝向側倒在地的艾米爾，試圖把他攙扶起來。但才剛碰到艾米爾的手臂她就傻住了，明明只經過幾秒而已，他的手臂居然感覺不到任何溫度。

「艾米爾，到底怎麼了？艾米爾！」

她的直覺是那把槍——艾米爾的格帝亞烙印。是因為烙印武器損壞的緣故？

艾米爾還沒有昏過去，可他視線失焦，虛弱的吐出呼息。

「白火小姐……我沒關係的……」身體逐漸失溫，冷汗從額角滲了出來，他推開白火扶住自己的手，「管理局的路……還記得嗎？這裡很危險……用、用不著管我，請快點回去……」

「艾米爾，到底發生什麼事了！」

「真是的，明明也同樣是烙印者，妳難道不知道嗎？迷子姑娘？」陸昂苦惱的歪頭一問，他指指地上被砍成兩半的銀色槍枝。

已成廢鐵的槍枝正發出白光，化為粒子狀態逐漸消散。

「烙印武器一旦被損毀，烙印者可是會受到生不如死的痛楚喲！畢竟是身體的一部分被砍斷了嘛。」

「……你說什麼？」

「不過用不著擔心啦！妳看這武器不是在發光嗎？已經慢慢回歸到那個金髮少年身上了，暫時不會翹辮子，等等記得叫伊格斯特的人把他拎回去喲！」

即便剛才的時空裂縫騷動讓人群鳥獸散，白火還是能感覺到四面八方投來的眼神，這場引爆於商店街的騷動自然引來關切與注目。

她懷中的艾米爾身體逐漸冰冷，幾乎連心跳都要消失了。

「好了、好了，既然已經解決伊格斯特的少年，至少也不會被抓到管理局了吧？那麼就——」

「給我慢著……」

陸昂才打算轉身，就被一陣低沉的聲音震懾住。

「——就打算這樣離開嗎？給我站住。」

那個聲音，是白火。

白火把艾米爾安置在地上，緩緩站了起來。她的身體彷彿失了重心般微微顫抖，好幾次差點摔倒，又重新站穩腳步。

陸昂頓時定在原地，他大可以一走了之，身體卻像是被施了咒似的，目不轉睛的盯著緩緩走向他的白火。

白火抬起頭來，她原本黑色的眼瞳竟然轉為了赤紅色。

「傷害艾米爾的人，我可不會饒過你……」

不只是瞳孔出現異狀，她的左手，也就是手背上的格帝亞烙印猛地發出白色光芒。

白火思緒一片空白，意識和身體都像是脫離了靈魂，只能微微感覺到手背上傳來一股熱度。

徐徐的，她瞥見自己有著格帝亞烙印的左手，竟然纏滿了火焰——銀白色的火焰。

銀白如雪的火焰包裹著她的左手，卻感受不到熾熱，反而還帶點異常的冰冷。

「白、白火……？」尚有意識的艾米爾目睹這一刻，發出帶著詫異的虛弱呻吟。

「不可原諒，我可不會原諒你……絕對不會原諒你！去死吧！」

一個蹬步衝上前，白火逼近陸昂，纏繞著銀燄的左手宛如利爪般襲向他，惡狠的血紅色眼瞳簡直和野獸無分別，來不及反應的陸昂只能反射性用手上的軍刀擋住攻擊。

赤手空拳對上利刃，任誰都知道勝算如何。

陸昂原本是這麼想的，結果卻出乎預料，白火手上的雪白色火焰竟然像是荊棘般咬向他的軍刀，火花以驚人的速度攀附到刀身上，「好、好燙！」嚇得陸昂連忙收回烙印武器。要是他再晚個一秒，手上的軍刀極有可能會被這股高溫融化。

被白火抓住的媒介消失，陸昂立刻朝後方一跳，從長袍袖口裡抽出幾根銀針，迅速的射向白火。霎時間，他扔出去的毒針全都在碰上銀白色火焰之後化為七零八落的鐵屑，當場燒成了灰燼。

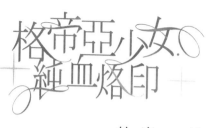

「活見鬼，這到底是什麼邪門歪道啊！」先前游刃有餘的陸昂咂嘴，那火焰居然輕輕鬆鬆就把銀針燒掉了？

白火冷哼一聲，甩了甩左手上的雪白色火焰。前幾秒才被燒光的毒針徒留下殘骸，被銀白色的火花包裹，猶似細雪飛舞，化為塵屑飄過她的腦後。

「哇哇哇哇！這下可真是碰到硬釘子了，第一次見到這麼恐怖的純種呢！」情勢徹底被逆轉，陸昂趕緊識相的一個後空翻，一下子又退了好幾公尺遠，「果然還是先逃為妙吧！那就這樣啦，金髮少年和迷子姑娘！期待下次相見喔！」

「給我站住！」

臨走前，陸昂還不忘又射出一排銀針阻止白火追上來。

「……你這傢伙！」白火用力揮開迎面而來的毒針，一口氣把射向眼前的細針全部焚燒個精光。

眼前的白色火光一退去，陸昂早就失去了蹤影。

而在陸昂消失的那一剎那，白火血紅的視界馬上恢復原樣。

「呃、嗚……怎麼回事……」一陣嘔吐感湧上咽喉，原本輕盈得像是填入氫氣的身體回復成原來的重量，她難以站穩腳步，叩的一聲跪倒在地。

頭痛得像是隨時會炸裂，視線渙散模糊，思維一時無法運轉。剛剛發生了什麼事？她做了什麼？

「艾米爾……」她倏地吸一口氣，先前的記憶如浪濤般一次灌進腦中，全都想起來了，她馬上站起來衝到奄奄一息的艾米爾身旁，「艾米爾、艾米爾！快醒醒啊！」

沒有回應，艾米爾完全暈了過去，只能透過微乎其微的胸口起伏感受到鼻息聲。

四周人聲鼎沸，圍觀者湊了過來，卻沒有人敢伸手救援。說來也是，剛剛發生了那種攸關人命的騷動，普通人根本無力插手。

白火鎮靜得連她自己也感到訝異，她立刻搜出艾米爾口袋裡的皮夾，找出時空管理局的相關證件。找到緊急電話之後，她又翻出艾米爾的手機。幸好她之前看過其他人用過，至少還懂得使用方法，馬上輸入了電話。

十分鐘後，管理局的醫療科趕到現場。

03. 什麼，她是純種？

湧上喉嚨口的嘔吐感，身體沉重得像是灌了鉛，骨頭隨時有散架的錯覺。

艾米爾皺了一下眉間，承受著難以負荷的疼痛，痛苦的睜開雙眼。

「這、這裡是……」

映入眼簾的是管理局醫療科的天花板，照例還是白得單調，不帶任何繽紛色彩。艾米爾一時想不起來自己怎麼會躺在病床上，總之還是先起來吧，他身體一抬——

「躺著，別起來。」

一名女子壓住他的手，他連轉頭都很吃力，只好用眼尾一掃，「芙蕾小姐？」不只是芙蕾，他還隱約看見白火站在病房門口，怯縮的朝這裡望過來。

「先睡一會兒吧，艾米爾。」芙蕾把他推回床上，艾米爾的身體此時弱不禁風，輕輕一推就躺回床上了。她重新幫他蓋上被子。

「可、可是，工作還沒——」

「我會幫你處理，先睡吧。」

眼皮越來越重，就算艾米爾死撐著，終究還是漸漸闔上雙眼。

失去意識前，他似乎看見白火慌張的跑到他床前，低聲說了些什麼。看那唇形，似乎是——

「……對不起。」

即便艾米爾已經陷入沉睡，白火出自愧疚，還是深深的鞠了個躬。

他們已經回到時空管理局，目前在醫療科內的病房。

聽管理局的人說明，烙印受到重挫的傷勢和一般外傷不同，唯有醫療科的專業技術才能治療。床上的艾米爾吊著點滴，明明沒見著一點皮肉傷，臉色卻蒼白的像是被吸走了大半生氣。

白火在艾米爾醒來之前，已經向最先趕來的芙蕾說明事發經過——尤其是那位名為陸昂的青年的異狀。即使她才剛來到公元三千年的世界，也能明顯感覺到陸昂絕對不是等閒之輩。

至於當時纏繞在她左手的火焰，她暫時隱瞞了真相。一半是害怕說出來會釀出更大的事件，現在艾米爾可是負傷狀態，不能再增加管理局的麻煩；另一半是她無法篤定，當時自己的意識處於朦朧狀態，說不定那銀白色的火焰只是幻象而已。

她看著始終坐在艾米爾病床旁的芙蕾，一股慚愧傳上心胸，「芙蕾，我——」

「不是妳的錯。」芙蕾瞥了白火一眼，多半也猜出對方想說什麼，「管理局本來就不是什麼安全的工作，隨時都得做好受傷的心理準備，妳就別自責了。」

白火看了一眼熟睡的艾米爾，他那副模樣要她怎麼別自責啊？

「妳剛剛說過，艾米爾是把烙印武器丟給那個叫做陸昂的辮子青年對吧？」

「……是的，因為當時我被挾持了。」

「他是不是沒有多想就乖乖照做了？」

白火回想起當時，艾米爾雖然面有難色，頂多也猶豫了幾秒就拋出槍枝。

「……嗯。」她點點頭。

「艾米爾他……從以前就是這樣的孩子。」

「咦？」

「艾米爾其實是個孤兒。」大概是認為白火總有一天會被消去記憶，何況也不是多麼了不起的內情，芙蕾毫無顧忌的道出艾米爾的身世：「那個時候，還是嬰兒的艾米爾被丟在管理局附近，碰巧被局裡的人發現，當時也找不到收養的人家，於是就把他和其他迷子一起安置在局裡了。管理局對他來說就像是第二個家，艾米爾從小的夢想就是成為管理局的一員，於是經過特別批准，提早加入了鑑識科。」

白火這時看了一眼艾米爾，這位年紀比她還小的少年，從小就立志從事這種工作。

艾米爾和她一樣也是個孤兒，是個沒有影子的孩子。

「因為是孤兒，艾米爾比誰都知道『家』的重要。他特別能體會那些迷子的心情，畢竟那些不幸被吸入時空裂縫的迷子，就等同於失去了歸屬。」

「所以他那時候才會……」才會冒著生命危險也要救她？

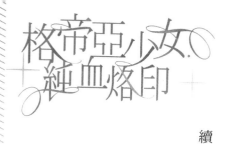

「嗯，是個寧願犧牲自己也要保護他人的好孩子喔。」

可能是因為提到了艾米爾，白火總覺得今天的芙蕾和昨天有點不同，似乎多了幾分溫婉。

「好了，今天妳也累了吧？關於人造時空裂縫的事情請別擔心，我們一定會負起責任把妳送回原本的時空，只是還得花些時間。」

「沒關係的，我可以等。」

「這話怎麼說？」

「因為……我也有想知道的事情，我想暫時繼續待在這裡。」

雖然這麼說有點對不起還在等她的養父母，不過白火就是如此臆測：說不定只要繼續待在公元三千年的世界，我就能解開左手的烙印真相。

「芙蕾還有工作要忙吧？我先回去了。」

「妳還記得路怎麼走嗎？」

「我還記得。那麼我先走了。」

白火點點頭，早上艾米爾已經帶她走過一遍了。她敬了個禮，打開病房門。

臨走前，她又看了艾米爾一眼。

有關烙印和左手的火焰，等艾米爾醒來再向他們解釋吧……她一面這麼想，沒多久就回到了自己的房間。

如果可以，她想利用這個力量，替捨身保護她的人做些什麼。

★※★◎★※★

時間一下子來到了晚上。

雖說是時空難民，但精神狀態正常的白火並沒有受到行動限制。聽管理局的人表示，某些相當棘手的迷子抵死都不接受被時空裂縫吸進去的現實，還以為自己是精神異常，情緒失控大亂管理局一番。這種例子並不少見，通常這種迷子就會被關在房間裡限制自由。

白火躺在床上，怎麼翻身也睡不著，過了一會兒，她索性走下床。她瞄了一眼床頭旁的電子時鐘，半夜十二點，這裡應該沒有熄燈時間什麼的吧？既然是時空管理局，應該是像便利商店二十四小時運作的機構才對。於是她走出房間，打算去外頭吹吹風。

早上艾米爾已經帶她逛過一次管理局內部了，她走向別層樓的露天陽臺打算欣賞夜景。其實本來是想去屋頂的，但醫療科應該不會開放屋頂，要是病患或迷子跑去頂樓就糟糕了。

她走進陽臺，和她想像中的差不多，設有護欄，角落還放著木椅。看起來還不錯，和她世界裡的露天陽臺沒差多少，多了幾分親切感。

唯一讓她驚訝的是，才剛走進陽臺就發現已經有人捷足先登。夜色沉靜，光看背影她並不能猜出來是誰，她向前走了幾步。

「您是……暮雨先生？」

好死不死，居然是昨天呼了她一巴掌的武裝科科長。

白火並不是會記仇的人，況且她覺得當時那樣大吵大鬧被賞一耳光也是情有可原，但在這種地方遇到暮雨這個冰塊臉實在有點尷尬，她才剛叫住對方就後悔了。

暮雨沒有轉頭，僅僅用眼尾掃了白火一眼。

他和昨天一樣穿著武裝科的黑色輕便軍裝，左手手臂纏上了繃帶，藍色的短髮被夜色浸染，一同變成了黑色。

暮雨原本以為白火只是前來攀談的路人，沒想到瞥了一眼才發現居然是昨天被他賞一巴掌的迷子，一時也有點反應不過來。

「……妳是昨天那個迷子？」他這段時間也聽局長說了，這個叫白火的不只是個從過去來的迷子，還擁有格帝亞烙印，怎麼想都讓人匪夷所思。

「您好，我叫白火。」白火敬了個禮，這個武裝科科長看起來就不好惹，是不是快溜比較好啊？她心想著到底要跑回房間裡還是繼續留在原地。

暮雨看了她一眼，沒說什麼就轉回視線，繼續盯著眼前的夜景。

「昨天那個……真是謝謝您了。」把該說的說完就趕緊開溜吧，她實在受不了這種低氣壓，「要是沒有您，我可能會繼續胡鬧下去。」

一聽到她道謝，暮雨猛然抽了口氣，摻雜著驚惶的眼神瞪著她。

「怎麼了嗎？暮雨先生。」

「……」暮雨怔忡了幾秒，明明賞了別人一巴掌居然還被道謝，根本是活見鬼。

「您是不是哪裡不舒服？我聽艾米爾說您受了很嚴重的傷。」白火當下以為他是傷口裂開，下意識提到艾米爾，沒想到話從口出又後悔了，「那個，艾米爾的事情……」

她猶豫著要不要說出口，暮雨一定是負傷中才留在醫療科，不知道艾米爾的消息傳進他耳裡了沒有。

「不是妳的錯。」暮雨也知道她在指哪件事，馬上丟來了這句話，「艾米爾會受傷不是妳的錯。」

白火垂下頭。他果然知道艾米爾受傷的消息。

這時，暮雨似乎打算離開了，他冷不防轉身，走回館內。

「所以，別露出那種表情，礙事。」

臨走前，他用祖母綠色的瞳仁瞪了白火一眼，便頭也不回的走了。

接連兩次體會到這個武裝科科長的冷漠，白火仍舊找不到反駁的話語，只好呆愣的看著一身黑的暮雨越走越遠，消失在走廊盡頭。

但是，他和芙蕾一樣說了「不是妳的錯」，讓白火的心情舒坦了點。

★※★◎★※★

第二天早上，已經熟悉時空管理局作息的白火乖乖起床，整理好儀容後前往艾米爾的病房。

沒有錢買花或慰問品，她也只能兩手空空去探病。

她敲敲病房的房門，聽到了門內傳來「請進」的聲音立刻嚇了一跳，是艾米爾的聲音，他醒來了？

白火難掩欣喜的打開房門，喊道：「艾米爾——」她話尚未說完就看見病房裡還有其他人，「局長？還有暮雨先生？」

「早安呀，白火妹妹，習慣這裡的生活了嗎？」局長安赫爾率先朝她揮揮手，蹺腿坐在椅子上，「就說叫我安赫爾了嘛，別那麼拘謹。」

一旁的暮雨雙手交抱站在安赫爾身旁，看了她一眼，悶不吭聲的把視線別了過去。

白火大概也抓到暮雨的慣性態度了，這種冷漠冰塊會出現在病房裡多半也是強行被局長帶來的。不對，現在重點可不是安赫爾和暮雨，她敬了個禮就走到病床旁。

「艾米爾，身體好了點嗎？」

「是的，託大家的福，已經沒事了，謝謝妳的關心。」

「對不起，要不是那個時候我——」

「不，我也有不對的地方，就是因為我沒有好好保護白火小姐，才會……」

「卡卡卡！你們這樣自責下去沒完沒了啦！停下來停下來！」看不下去的安赫爾用手打了個大叉，要是再不制止，這兩個傢伙絕對會陷進奇妙的兩人世界裡，「反正艾米爾小弟都醒過來了，這件事就別追究對錯，重點是昨天那個叫陸昂的傢伙才對啦！」

看安赫爾那模樣，看來早在白火來這裡前，艾米爾就已經把昨天發生的來龍去脈告訴他們了。

「艾米爾，你全都說了嗎？」

「嗯，白火小姐來得正好，我們正在推測陸昂的真實身分。」艾米爾把眼神調往遠處的安赫爾和暮雨，「局長、暮雨科長，雖然最近人造裂縫的案件四起……但是我在想，那個名為陸昂的男人並不是什麼時空竊賊。」

「怎麼說呢？」

「如果他只是個竊賊，根本沒必要在大庭廣眾之下引起騷動。昨天陸昂的行為，分明就是想把一般民眾捲入裂縫裡，說是恐怖攻擊也不為過。」

白火眨眨眼，恐怖攻擊？就像平常在電視上看到的那種，在公共場合引爆炸彈之類的嗎？她猛然懷疑自己是不是走了什麼楣運，才剛變成宇宙難民，隔天害管理局的人身負重傷，現在又發現自己遭遇了恐怖攻擊。

「我想想吶……艾米爾小弟，你說陸昂明明是烙印者，卻有著影子是吧？而且還用烙印武器製造出時空裂縫。」整理了一次重點，安赫爾確定艾米爾點點頭後，接著又問白火：「白火妹妹，妳說當初把妳推到裂縫裡的是一個紅髮的傢伙？」

「嗯，是不同人。」

她猜到安赫爾在想什麼了，撇除一開始的紅髮貓眼，陸昂也不是時空竊賊，最近人造時空裂縫的案件又頻起，所以——

「所以那個能夠創造出人造裂縫的……其實是一個組織嗎？」

「不排除這個可能，調查工作就交給鑑識科吧。」說到這，安赫爾站了起來，走向白火，「辮子男的事情就先擱一旁，還有其他更重要的事情呢。」

看著他走過來，白火再遲鈍也猜到他想問什麼，嚥了口唾沫。

「局、局長……我是說，安赫爾？」

「艾米爾小弟和我說了，那個時候——妳使用了烙印力量對吧？」

安赫爾微微笑著，右眼上的烙印格外悚然，白火膽小的退了幾步，猶疑的點點頭。

事到如今，她只能乖乖招認了。

「是用了沒錯……那個時候我也不知道發生什麼事，身體就自己動了起來……等到我回過神，陸昂就跑走了。」

「但是妳記得自己做了什麼，對吧？」

白火閉上嘴，吃力的開始回想，「……銀白色的火焰，有烙印的左手突然出現白色火焰，然後，把陸昂的武器給——」

燒掉了。

要不是當下陸昂逃得快，她絕對會把陸昂的軍刀燒成廢鐵，就像他把艾米爾的槍枝砍成兩截那樣。

那時的她與其說是無法思考，不如說是被憤怒填滿視野——她絕對不會原諒傷害艾米爾的陸昂，那種把恐怖攻擊當作遊戲的人，她說什麼都不會原諒。

「有辦法再用一次嗎？」這時，始終保持沉默的暮雨說話了。

「咦？」白火愣了一下才回過神來，她慌亂的搖搖頭，「沒辦法，辦不到的！當初我根本不知道發生了什麼事，只感覺烙印自己變成火焰，沒有辦法再試一次啦！」

「白火妹妹，妳當初是因為艾米爾小弟受傷才會生氣的吧？不就是想要救人才發動力量的嗎？」這次是局長說話了。

「不是，與其說是想救人，不如說是想復仇還比較貼切……」

「哎呦，不要貶低自己啦！人心沒有那麼黑暗的。來，妳再回想一次看看，當時那個『想要救人』的心情。」

「……」

「試試看嘛。」

想要救人、想要救人……白火看著自己手背上的烙印，然後閉上眼，全神貫注的回憶昨天在商店街發生的騷動。

陸昂當時草菅人命的惡劣笑臉，重傷倒地的艾米爾，她被仇恨與憤怒填滿的心胸……以及猶似雪花飛舞的火焰。

——艾米爾，為了救我而受傷的艾米爾……明明不想把他捲入的……

烙印泛出白光，手中傳來一股熱流。

白火徐徐睜開眼瞼，伸出再度被白色火焰籠罩的左手，這一瞥正好看見擺在病床旁的鏡子，在看見鏡中的自己時，她倒吸了口氣。

「……紅色？」

她的眼瞳，竟然變成了鮮血欲滴般的赤紅色！

──紅色雙眼，雪白色火焰，怎麼回事？

暮雨和艾米爾都露出驚愕而警戒的眼神。安赫爾則是雙手交抱，得意洋洋的吹了個口哨。

「果然是這樣……」安赫爾瞇起眼睛，盯著產生異狀的白火，眼神裡絲毫沒有半點訝異，反而還一副押對寶的神情，「好了，可以了，白火妹妹。」

白火眨眨紅色瞳眸，無助的傻在原地，「我、我不知道要怎麼恢復原樣……」

「那就先這樣吧？反正時間一久就會自己恢復了。妳自己應該也發現了吧？不只是手上的火焰，就連瞳孔顏色也變了。」

「安赫爾，這到底是怎麼回事？」嚇個半死的白火驚慌失措，她的身體到底出了什麼問題啊？

聽艾米爾說能夠使用武器的烙印者並不多，況且也得要訓練一段時間才能自由的操控烙印力量，那她手上的火焰又是怎麼回事？重點是眼睛還變成那種完全沒見過的奇怪顏色！

「白火妹妹，妳聽過純種的格帝亞烙印者嗎？」

「純種？你是說像純血和混血兒那樣嗎？」

她想起昨天和艾米爾的對話內容，格帝亞烙印者似乎也存在著純種與混血，混血就是和那些沒染病的正常人類產下的後代。

「沒錯，目前社會上普遍把格帝亞烙印者歸納成新的種族，然而畢竟是人類，因此也沒做多大區分。烙印者和未感染病毒的人類結合，產下後代，在幾世代的繁衍後，烙印者的烙印力量越漸薄弱。至於純種，就是完全沒有混上正常人類血液的烙印者，人數極為稀少。到這裡為止聽得懂嗎？」

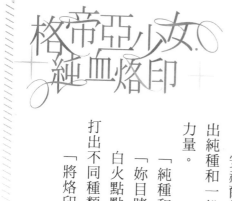

安赫爾的解說大致上和昨天艾米爾說的相差無幾。白火點點頭，光聽解釋她就能猜出純種和一般烙印者有多大不同了——既然是稀少的純血種，一定擁有難以想像的絕大力量。

「純種和一般烙印者……烙印力量有什麼不同嗎？」

「妳目睹過艾米爾小弟的烙印力量吧？」

白火點點頭，她不只看過，剛來到這裡時就見識過威力了，隨著艾米爾的心情可以打出不同種類的子彈，何況昨天那把槍還被陸昂劈成了兩半。

「將烙印化為『可觸摸的武器』，這是一般烙印者的力量。」安赫爾指了指白火手上的雪白火焰，「但是純種的力量並不是現形武器，而是無法觸摸的『能力』。」

「能力……」聽到這裡她就起了一身雞皮疙瘩。白火看著自己手中的火焰，那根本不是可以觸摸的東西，只要稍微一碰觸，就會把東西燒成飛灰。

她完全能猜出安赫爾在想什麼了。

「等、等等，安赫爾，這是不是有什麼誤會——」

「怎麼可能是誤會呢？純種使用烙印力量時，瞳孔可是會變成紅色喔。」

見她一臉不相信，安赫爾眼睛一閉，當他重新張開眼睛，原本寶藍色的眼瞳居然也變成了和白火一模一樣的赤紅色，右眼上的烙印散出薄薄白光。

白火對上他視線的那瞬間，身體就像是被控制了一樣，僵在原地，渾身無法動彈。

她猛然想起來——時空管理局局長的烙印能力，是緩速。

「這下妳想賴也賴不掉啦！白火妹妹，接受現實吧。」

安赫爾嘻嘻笑了幾聲，他退去烙印力量，雙眼霎時又變回了一開始的湛藍眼瞳。下一秒，白火渾身脫力的跪倒在地上，手上的火焰消失了，眼睛也變回原來的黑色。

「等、等一下，我是來自過去的人，這不可能吧？」才剛跌到地上，白火連站起來的閒暇都沒有就抬頭瞪著安赫爾，急道：「這當中一定有什麼誤會！我怎麼可能會是什麼純種！」

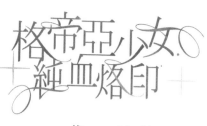

說她是格帝亞烙印者就已經夠離奇了……確實，她擁有烙印，也過了十八年沒影子的生活，但是純種又是怎麼回事！

「不會吧，白火小姐真的是……純種的烙印者？」再次見識到白火這股力量的艾米爾也怔忡了片刻，他一直以為當時是意識模糊而看錯眼。

暮雨稍稍蹙眉，沒有說話。

安赫爾笑吟吟的走到白火面前，扶她起身，然後朝她比了個大拇指：「迷失在過去的純種烙印者，白火妹妹，妳果然很厲害！」

「嘎？」

「妳會被那個紅髮貓眼陷害，說不定也是命中注定喔！」

「嘎？！」

「就是這樣，我對妳的身世之謎非常感興趣，今後也請多多指教啦！」趕在白火按捺不住性子想掐死他之前，安赫爾率先退了開來，「那麼我還要和艾米爾小弟說些話，純種和那個辮子男的事情就先告一段落吧。」

安赫爾想也知道白火絕對不會善罷干休的離開，於是看了默不作聲的暮雨一眼，交代道：「暮雨，拜託你囉。」

「知道了。」暮雨頷首，朝白火使個眼色，「走了。」

「等、等等！我還沒——」她還沒搞清楚到底是怎樣，純種格帝亞烙印者？看到安赫爾眼神洋溢出詭異的光芒，她該不會真的要被抓去解剖吧？

她甚至有股預感：會不會再也回不去了？

暮雨見她不肯離開，像是抓貓似的拎起她的衣領，把她拉出病房外。

艾米爾看著根本是被拖出去的白火，不禁嘆了口氣，「……局長，請不要對白火小姐這麼粗暴。」

他才剛說完，房門就碰的一聲被摔上。看來暮雨果然不是什麼溫柔之人。

確定門外的兩人走遠了，安赫爾接著問：「艾米爾小弟之後有什麼打算？」

艾米爾一臉為難的看著他，隨便猜也猜得出這個局長想做什麼。

「您是想問白火小姐的事情吧。她是迷子，我當然是要把她送回原來的世界。」

「可是2012C.E.不可能會有烙印者吧？你不想查清楚嗎？」

「……白火小姐的家在那裡，她的家人一定很擔心，關於這點我是不會退讓的。」

「唉，真是的，你還是像以前一樣這麼固執……」安赫爾誇張的嘆了口氣，「我知道了，那就加把勁找出那個紅髮貓眼吧。為了讓白火妹妹回家，你可要趕緊康復哦。」

原本以為局長會死纏爛打的，完全沒料到局長會收手的艾米爾眨眨眼，總覺得有點鼻酸，他們管理局的災難上司終於成長了。

「嗚，局長，您果然很溫——」

「不過在找出紅髮貓眼之前，那孩子就歸我管啦！」

「……」

「那就這樣，好好養傷，再見！」

「砰！」又是一記甩門聲，安赫爾一溜煙的跑了。

★※★◎★※★

被拖出病房外的白火頻頻加快腳步，暮雨走路的速度快得她必須要小跑步才跟得上。當她受不了這股低氣壓，打算當場甩掉暮雨抓住自己的手時，對方卻在前一刻鬆開她的手腕，自顧自的走了。

看來他接到的命令是把白火帶離病房，離開病房以後他完全不打算管她的死活。真是好一個奉命行事的優良下屬。

「等等，暮雨先生。」眼看暮雨就要掉頭走人，白火馬上叫住他，沒想到被對方轉頭一瞪時，她又退縮了，忍不住垂下頭來，怯弱的問：「之後……我會被送去哪？」

「什麼意思？」

「我這個身分……因為這個烙印，管理局一定不會乖乖放我回去吧？」

回想起安赫爾剛才說的那些話，她之後絕對會被抓去做研究，更慘一點說不定還會被推上手術檯開腸剖肚。

「暮雨先生，我回得了家嗎？」

暮雨還以為她要說什麼，斜視了她一眼，「管理局的工作就是歸還迷子，絕對會送妳回去。」

「可是，看安赫爾那副樣子——」

「迷子和純種是兩回事。」

白火閉上嘴。她偷偷抬起頭瞄了暮雨一眼，那眼神溫度低得像霜雪，她很清楚自己再追問下去就死定了，被磨光耐性的武裝科科長絕對不會管她是迷子還是純種，而是直接送她下地獄。

「……而且，是妳救了艾米爾。」

暮雨沒來由的說了這句。

「咦？」

「沒必要一副畏畏縮縮的樣子，妳可沒有錯。」

他扔下這句話就轉身離去了。

經歷過三次這種場面，白火也漸漸感到習以為常，平時的她總是目送暮雨離開，但這次回房間的路只有一條，她只好加快腳步，追上暮雨逐漸變小的身影。

經過醫療科大廳時，白火看了一眼大廳裡浮在高空中的大型電視螢幕，她雖然看不太懂介面，但多少也能推論出電視正在直播新聞。她停下腳步一看。

走在前方的暮雨當然沒搭理她，越走越遠。

「……啊，那個是！」

看電視看到一半的白火突然大叫，嚇得遠方的暮雨抽了下身子，沒好氣的瞪回來。

「吵什麼？」

他頂著一張臭臉走回來，看來他真的很介意在醫院裡製造噪音這種事。

「……呃，對不起，突然發出那麼大的聲音。」眼看可能又要遭遇被呼巴掌之類的血光之災，白火馬上彎腰致歉，並且向身邊被嚇到的行人賠不是。

「發生什麼事？」

「暮雨先生，您看那個。」她指指螢幕上的新聞。

暮雨皺著眉頭往上看。

其實在螢幕上播放的並不是新聞，而是管理局第二分局內的最新消息。

「今早於32區捕捉到疑似製造出人造時空裂縫的竊賊身影，竊賊已逃逸，現場只剩下打算用來變賣的時空碎片，目前鑑識科科員已將碎片回收……」

專有名詞一堆，但白火多少也聽得懂。簡單來說就是好不容易捕捉到時空竊賊的影子，卻被對方逃了，現場只剩下偷來的贓物。

她是看到竊賊利用時空裂縫偷來的東西才會尖叫的。黃澄澄一片，閃著金光。

「那是什麼？」暮雨瞇起眼，他好像在哪看過那東西。2300C.E.的時候，世界經歷過一次浩劫，古蹟什麼的幾乎全毀，現在頂多只能在書上看見古代文物的照片。

「就是那個啊，那個！」白火著急的大喊，可能是太過驚訝，又或許是看見熟悉的東西過於感動，支支吾吾的喊不出名字來。

暮雨瞪了她一眼，「……所以我說那是什麼？」

「就是那個！」趕在暮雨暴怒之前，她馬上喊出名字：「法老王面具！」

電視上，金光閃閃的法老王面具被放大了倍率攤在螢幕前，不知是否是錯覺，法老王的眼白格外驚悚，透過螢幕瞪了過來。

暮雨的表情沒多大變動，他總算想起來那東西的名字了，原來是法老王面具。公元三千年的世界早就沒有金字塔這種東西，難怪他一時想不起來那面具到底是哪來的。

「查得出來是從公元幾年偷來的嗎？」白火心急的問，如果是從世界級博物館那裡偷出來的，現在那裡一定是亂成一團。

「暫時沒辦法，竊賊已經跑了。想知道的話就去問鑑識科吧。」暮雨顯然完全不在乎古蹟的死活，比起那鬼面具，他比較想知道的是竊賊究竟逃到哪去了。要不是先前被人捅了一刀導致負傷，他現在馬上會衝出去把那個小偷逮回來。

白火多少也知道埃及法老王、金字塔那類的神秘詛咒。她心想大概也不用追賊了，哪天若傳出人類離奇死亡的案件，那個翹辮子的十之八九就是凶手——被詛咒而死。

「暮雨先生，最近常常出現這種案件嗎？」

「嗯。」

「暮雨先生……真的存在平行世界這種東西嗎？」

暮雨不悅的看向她，白火以為是他沒聽清楚，直接開始解釋：「怎麼說呢？拿那個法老王面具來舉例吧。如果面具被偷走了，那麼世界就會開始分歧，變成『有面具的世界』和『沒有面具的世界』，然後兩個世界繼續運行，漸漸產生不同——」

「用不著解釋，我知道那是什麼。」

「存在嗎？」

「那種麻煩事我才不想管，妳自己看著辦。」他嘖了一聲，丟下愣在醫療科大廳中央的白火，轉身離去。

白火嘆了口氣，這個武裝科科長脾氣果然很差。

★※★◎★※★

時間來到夜晚。

漸漸習慣新生活的白火換上醫療科提供的睡衣。多半是知曉她將會在管理局待上好一段時日，不只睡衣，醫療科也放了幾套換洗衣物在櫃子裡。那些衣服正好是公元三千年的款式，穿上去也不會太過突兀，質料比起她一開始的衣服要高級上好幾倍。

經過艾米爾遭受襲擊後，白火根本不敢外出，明天她也打算乖乖待在局裡。接下來的事情，她打算等艾米爾康復再來設想。

準備就寢時，才想到窗戶沒關，她走到窗戶前，正打算關上窗戶玻璃時，一道冷風吹過臉頰，刷一聲，突如其來的黑影閃過眼際，當下讓她差點以為是靈異現象發生。

公元三千年也有幽靈嗎？白火向後退了幾步，瞪著倏忽出現在眼前的黑影子。

好死不死，並不是鬼，是遠比幽靈更讓人反感的東西。

一位青年竟然站在窗臺上，從高處俯視著她。

「晚安，真是個美麗的夜晚呢。」

青年戴著黑色禮帽，他拉了下帽簷當作打招呼，逕自從窗口跳躍而下。

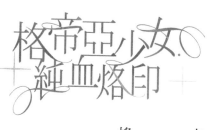

房間內沒有開燈，唯一的光源就是窗外的星空與月色，因此白火仍看得一清二楚。

戴著黑禮帽的青年有著暗紅色的微捲頭髮，隨興的束在腦後；一身得體的黑色西裝，手上還拿著黑色短杖。魔術師般的打扮，以及那如貓一般的琥珀色的眼瞳。

眼前的青年，正是當初把她推進時空裂縫的罪魁禍首。

「你、你是──」

「請稱呼我諾瓦爾吧。」名為諾瓦爾的紅髮青年眨了眨左眼，「我說過下次見面時就告訴妳名字的，妳忘了嗎？白火？」

──這傢伙到底來做什麼的？是說管理局的戒備也太鬆散了吧？

已經不想管對方為什麼知道自己的名字，白火下意識就是往後退，來不及叫其他人來了，她用眼角掃了附近一眼，能用來當武器的只有矮櫃上的裝飾花瓶。

她二話不說就是拿起花瓶，作勢要扔向諾瓦爾。

「慢著，這種時間會引起騷動的，冷靜下來。」眼看就要被花瓶砸到，諾瓦爾搖了搖手示意她放下花瓶，「我承認當初是粗暴了點，我向妳道歉，但那也是情勢所逼嘛。」

「……」

「妳願意原諒我嗎，白火？」

看著青年那兩輪金色月亮般的眼眸，白火半信半疑，如果砸死這傢伙的話，自己也回不去了……不，應該是說，無論是扔花瓶或是使出她才剛學會掌控的烙印火焰，憑諾瓦爾的身手，想必不費吹灰之力就能輕易閃過。

看來哪條路都不行，她暫時放下手中的花瓶。

「你又想做什麼？」

「放心吧，這次沒有打算對妳怎樣，純粹是來確認妳的近況。」諾瓦爾也表現出誠意，他退回去坐到窗臺上，半舉高兩隻手揮了揮，表示自己沒有要小動作。

「怎麼樣，白火，還習慣這裡的生活吧？」

白火突然想起今天早上看到的管理局最新消息，那個丟下法老王面具逃走的時空竊賊，她不禁把那個小偷跟眼前的諾瓦爾聯想在一起。

「你到底有什麼企圖？來搶回法老王面具的嗎？」

「那是什麼？面具？我沒事去搶人家面具幹嘛？」

好吧，事實證明她想太多。

「你說你叫諾瓦爾是吧？為什麼要把我帶來這裡？」

「因為妳很特別，純種的格帝亞烙印者。」諾瓦爾勾起脣角，他的琥珀色眼眸在熒熒月光下顯得格外閃耀，「雖然現在還沒辦法向妳解釋，但是請放心，我絕對不會對妳不利。」

「都已經把我丟到這種地方了，要我怎麼相信你？」

「說的也是呢……這樣好了，我把看得比生命還重要的東西交給妳怎樣？」

白火還沒領悟他的意思，就見諾瓦爾從西裝口袋裡拿出了什麼朝她一拋，一道銀光軌跡滑到她眼前，她反射性伸手去接，是一條銀色墜鍊。

她愣愣的把墜鍊捧在手心，端詳了幾秒。墜飾可以打開，裡面有張小照片，但因為光線不足的關係，她看不清楚照片裡的人是誰。

「可別弄丟囉，這可是我第一張、也是唯一一張家庭合照呢。」

「諾瓦爾，你——」

「這樣可以暫時相信我了吧？」

儘管對方的眼神輕佻，白火也能感覺到諾瓦爾並沒有說謊。

「……為什麼要把這東西給我？」

「為了讓妳信任我。」

諾瓦爾瞄了眼她手心裡的相片墜飾，只看一眼他就別過眼神，盯著窗外的夜景。

「來到這個世界雖然有點辛苦，但也不全然是壞事——像是知道自己沒有影子的原因，還有手上的烙印究竟為何，挺不錯的不是嗎？」

明明可以當場把他制伏的，白火卻僵直在原地無法動彈。

只要抓住諾瓦爾，抓住這個創造出人造裂縫的元凶，她就可以馬上回到原本的世界，去見那些等待著她回去的人們。可身體卻像是被藤蔓捲住般，寸步難行。

白火凝視著手中的項鍊墜飾，比起物質本身，墜鍊代表的含意更是沉甸甸的讓她難以鬆手。

那股感覺又來了，和初次遇見暮雨那樣，僅僅只是一瞬間，稍縱即逝，讓她懷疑這只是錯覺。

——我是不是曾經在哪和諾瓦爾見過面？

「……白火？」

這時，門外傳來了叩門聲，白火下意識縮起身子。

「白火？睡著了嗎？」

是芙蕾的聲音。門扇上又多了幾次敲擊。

門外的芙蕾心想白火大概已經入睡了，順勢一轉門把，門沒鎖，她直接走進房內。

一走到房間裡，芙蕾當場看見站在窗前的白火，以及窗口上的諾瓦爾。

白火慌張的回過頭一望，「芙蕾？」

「……你是誰？」一看見窗臺上的不速之客，芙蕾馬上扔下手中的袋子，快步走了過去。

眼前的青年怎麼看都是從外頭闖進來的可疑分子，管理局的戒備不算森嚴，但不明人士入侵的狀況少之又少。

芙蕾看見諾瓦爾黑帽下的紅髮，登時吸了一口氣。

「紅髮？該不會你就是那個把白火給──」

「哎呀，真是好景不常，感人的重逢就這樣被打斷了。」諾瓦爾也知道身分暴露，重新壓低帽簷遮住面容，一腳踩上窗口，回頭向白火眨眨眼，「那就這樣了，期待下次相見囉，白火。」

「給我慢著！」

芙蕾並非格帝亞烙印者，卻還是練就最基本的防衛能力，她拿出隨身攜帶的小型手槍，立即扣下扳機朝諾瓦爾背後開一槍。

砰的一聲槍響，震得白火耳鳴陣陣。

子彈擦過諾瓦爾的手臂，割出一道不深不淺的血痕。

「……槍法不錯嘛，小姐。」他悶哼了一聲，疼歸疼，居然還回頭瞄了一眼芙蕾，才朝外頭一跳，消失在兩人眼前。

「給我等一下！」芙蕾隨即衝上窗戶前，但是已經來不及了，諾瓦爾早就消失得無影無蹤。

房間裡只剩下硝煙味和若有似無的鮮血氣息。

白火呆愣在原地，她不懂，剛剛那一擊諾瓦爾明明可以輕鬆閃過的，為什麼要平白無故挨子彈？

「該死，被他逃了……白火，妳沒事吧？」

「……沒、沒事。」白火連忙把諾瓦爾交給她的墜鍊收進口袋裡。

「那傢伙到底是怎麼闖進局裡……這是什麼？」

話說到一半，芙蕾發現窗臺上似乎有什麼，她低下頭一看，除了諾瓦爾的血跡外，窗臺上還有著類似識別證的黑色卡片。

「是那個紅髮掉的東西？」

上面還沾著血，是逃跑的時候不小心掉出來的嗎？芙蕾懶得多想，她撿起卡片，如果真是組織識別證什麼的，想必能派上用場。

「白火，那個紅髮有對妳做什麼嗎？」

白火搖搖頭，「他才剛闖進來沒多久，芙蕾就出現了。」

她壓根不敢提諾瓦爾的名字。她有種說不上來的心情，卡片上明顯沾著血，諾瓦爾是故意把識別證留下來的？

「芙蕾呢？怎麼會在這種時候過來？」

「剛剛去探望艾米爾，回程時想說來看妳一下，因為妳好像挺消沉的樣子……好險趕來了。」芙蕾不敢想像如果自己就這樣回去，那個闖進來的紅髮會對白火做出什麼恐怖舉動來。

「常常有人像這樣入侵管理局嗎？」

「入侵嗎？有是有，但通常在門口就會被抓到了，能夠像這樣闖進來的人我還是第一次見到。」芙蕾晃了晃手上的卡片，烏漆抹黑的什麼也看不清楚，只能勉強瞥到上面的晶片，「那紅髮應該是不會再來了，鎖好窗戶吧，明天再來研究這張識別證。」

「謝謝妳，芙蕾。」

「對了，這給妳。那就這樣囉，晚安。」

這時才想到被自己扔在門口的白色塑膠袋，芙蕾收起手槍，撿起袋子交給白火。她也不太在意差點被夜襲的白火究竟睡不睡得著，揮揮手就離開房間了——不愧是性格豪爽的女人啊。

經過剛才那場騷動，窗臺上還有諾瓦爾的血，白火早就睡意全消。她打開電燈，到浴室裡拿了抹布，走到窗戶前開始清理。

「唉……居然心平氣和的擦血跡，我到底在幹嘛啊……」她一邊嘆氣，一邊把窗框擦乾淨。

整理乾淨後，她坐回床上，拿出諾瓦爾的墜鍊，打開墜飾看向裡頭的相片。和諾瓦爾說的一樣，是家庭合照，相片裡有五個人，一對夫妻和三個小孩。由於是年幼的孩童，照片又小，白火瞇緊眼睛才勉強找出一位紅髮男孩站在照片最右邊，那應該就是諾瓦爾。

把這麼重要的東西交給她真的好嗎？如果下次又見面，把墜鍊還回去吧……不，還回去太便宜他了，乾脆直接用這條項鍊威脅諾瓦爾，逼他開啟時空裂縫讓自己回家還比較實際。

但是，就這樣回去的話……白火看了一眼左手手背上的烙印，腦袋糾結成一片。

「對了，還有芙蕾給的東西。」她拿起芙蕾塞給她的袋子，好像是便利商店的白色塑膠袋。

她一打開，發現裡面是便利商店販售的布丁，儘管包裝和容器形狀不一樣，但確實是布丁沒錯。芙蕾應該是不知道買什麼才隨便抓了東西結帳的吧？不過就算是這樣，她還是很高興。

因為芙蕾猜對了，她最喜歡的東西就是布丁。

04. 烙印者速成訓練班

隔天，得知昨晚諾瓦爾闖入局裡的安赫爾，第一件事就是衝到艾米爾的病房裡。

「喲，艾米爾小弟，早安啊！」

看見門被這個瘋狂局長撞開，艾米爾一聲尖叫都沒有，反而麻木的看向門口。為什麼這傢伙明明是局長卻整天遊手好閒，這種萬年謎題他也不想追究了。

「早安。局長，看您這麼開心，發生什麼事了嗎？」

「我就知道你會這麼問！其、實、啊！」安赫爾深深吸了一口氣，「白火妹妹昨天被人夜襲了！」

「夜、夜襲？！」

夜襲有兩種意思，第一種已經很糟糕，從安赫爾口中講出來一定更糟糕。

艾米爾光想到那種事、那種事、那種事甚至是那種事就紅透了整張臉。

「究竟是誰做出那種喪盡天良的事啊！」才到局裡不到一星期就慘遭毒手，這世界到底怎麼了？

「你想知道嗎？」

「那是當然的吧！竟然對女性做出這種下流舉動，何況對方還是人生地不熟的時空迷子，不可原諒……重點是為什麼白火小姐遇到那種事局長您還這麼開心啊！」

「想知道就跟我來吧，輪椅準備好囉！」

於是安赫爾讓艾米爾坐上輪椅，很熱心的推著輪椅一路飆車飆到五樓鑑識科。

來到鑑識科的小型會議室後，艾米爾才發現自己又被耍了——照理來說慘遭魔爪襲擊的白火好端端的站在他面前。不只是白火，暮雨和芙蕾也在。

「局長，您怎麼老是這樣！」他氣得回頭瞪了正幫他推輪椅的安赫爾一眼。

「我沒有騙你，白火昨天是真的被夜襲了。」安赫爾是不知道艾米爾想的夜襲究竟是哪種夜襲，看他那麼生氣應該是比較敗壞風俗的那種，「不過那時芙蕾剛好經過，轟了對方一槍，對方就溜了。」

「有查出對方的身分嗎？」

「嗯，就是一開始陷害白火妹妹的那個紅髮貓眼。」

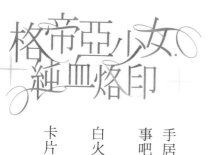

被夜襲就算了，突破管理局防衛系統也沒關係，被局長欺騙依然情有可原，但是凶手居然是那個一切禍端的紅髮貓眼，艾米爾忍無可忍了，急忙問道：「白火小姐，妳沒事吧？！」

「謝、謝謝你，艾米爾，我沒事。」有事的不是她，是被開了一槍的諾瓦爾啊……白火心虛的別過臉，那一槍怎麼看都是為了迎合場面才挨的，希望別太痛才好。

「那麼，人都到齊了，我就來宣布分析報告吧。」芙蕾亮出昨天諾瓦爾遺留的黑色卡片。

「芙蕾小姐，那張卡片是？」

「夜襲未遂犯留下來的識別證。」

芙蕾把識別證放到電腦旁的儀器中，開啟數個電腦螢幕，並在鍵盤上敲了幾下。不一會兒，識別證裡頭的相關資料便映照在眾人眼前最大的電腦螢幕上。右半部跳出紅髮貓眼的照片，左半部則是不斷跳出一連串的文字資料。

「識別證持有者名為『諾瓦爾』，經過照片比對，就是那個紅髮男的名字。」

白火早就看過諾瓦爾的真面目，並沒有多大反應。

倒是暮雨，他一看見螢幕上的照片，明顯變了臉色。

「暮雨先生？」

「……是他。之前襲擊我的傢伙。」暮雨瞪視著螢幕裡的紅髮青年。

當時他外出去執行武力鎮壓的任務，在前往目的地的途中，諾瓦爾突然現身，劈了他手臂一刀後就神出鬼沒的消失了，一整個莫名其妙。

「是諾瓦爾？」白火看了眼暮雨左手臂上的繃帶，她回想起第一次遇見暮雨時，他手臂上怵目驚心的傷，斑斑血跡下，那刀傷能說是深可見骨。才經過幾天，傷勢不可能那麼快痊癒。那樣的重傷是諾瓦爾砍的？

「嘖嘖，砍了暮雨又夜襲了白火妹妹，看來是個襲擊慣犯吶。」

的組織。」

芙蕾繼續操縱著鍵盤，「再來是關於這張識別證的來源。這是一個叫做『ＡＥＦ』

白火疑惑的歪歪頭，「ＡＥＦ？」

「Anti-Egoist Force，反伊格斯特武裝組織。」

「……反時空管理局？」聽到這，默不作聲的暮雨皺緊了眉梢。

反政府組織什麼的在新聞上屢見不鮮，應該不是什麼稀奇事才對，但是看暮雨的神情又有點不對勁，白火問：「是很危險的組織嗎？」

安赫爾搖搖頭，「不知道，第一次聽見。總之，有關那個什麼ＡＥＦ的消息暫時先壓下來吧，引起騷動就麻煩了。芙蕾，還有查出什麼嗎？」

芙蕾點了點頭，「識別證內還有近期時空竊賊的竊盜紀錄、竊盜物品，以及犯案區域。有些是以前的案子，有些是尚未發生的計畫案，應該是還在策劃中的樣子。」

「所以那個叫ＡＥＦ的組織……是竊盜集團？」

能策劃這麼多起竊盜案件，果然是有辦法運用人造時空裂縫的人才能幹的事。先別論情報真偽，諾瓦爾是ＡＥＦ的人，之前那個名叫陸昂的青年也能開啟時空裂縫，會不會也和ＡＥＦ有關聯？可是……

前陣子白火也想過，既然只是小偷，沒事在眾目睽睽之下打開時空裂縫做什麼啊？

「誰知道呢？如果只是普通的竊盜集團，用不著取那種氣勢磅礴的名字吧？什麼反時空管理局武裝組織啊？」安赫爾嗤之以鼻的哼了一聲，自己的區域裡居然出現了反叛組織，怎麼想都很莫名其妙。雖然他是很愛玩沒錯，但該做的工作都有好好做，管理局也沒有被他拿去賭博賭掉，實在不懂為什麼會出現反對聲浪。

「還找到了挺重要的東西，我現在放上來。」芙蕾敲了幾下鍵盤，電腦螢幕瞬間跳出了新畫面，攤出滿滿的文字與圖片。

白火看著接連跑上螢幕的文字，越看越發現事情不妙。

螢幕上頭顯示著斗大的幾個字：太陽能發電塔恐怖攻擊計畫。

計畫內容太過繁雜，她也看不懂，便直接鎖定標題和大綱。

一點也不像是用來唬人的假情報，螢幕上有著太陽能發電塔的內部地圖、炸彈配置區、攻擊時間，甚至連發電塔內部的聯絡通道都標示得一目瞭然。

「……太陽能發電塔恐怖攻擊？」艾米爾也一臉不敢置信。

「嗯，還是計畫書的形式，時間是兩星期後，無法確定真偽。」芙蕾轉過頭，「你打算怎麼做，局長？」

「這什麼鬼？恐怖攻擊？麻煩死了，該不會和之前那個辮子男有關聯吧？」既然已經確認AEF能夠製造出人造時空裂縫，安赫爾嫌麻煩的揮揮手，「太陽能發電塔和我們管理局無關啦！叫政府自己去想辦法。」他才不想管這種苦差事。

艾米爾馬上抗議：「可是局長，如果這消息是真的——」

「管理局又不是住海邊，沒事管那麼多幹嘛？又沒加班費可以領。再說那可是發電塔耶，人造星球的中心耶，那些傢伙根本是神經燒壞才會選擇攻擊那裡吧？」

既然是整個人造星球的能量來源，發電塔平日就駐有世界政府派來的警備，況且發電塔的規模壯大，高度也直達宇宙，根本不是一般炸彈可以毀壞。這種恐怖攻擊充其量不過是用來嚇唬一般民眾。

再者，如果真的把發電塔炸了，第二星都就會能源短缺，那些恐怖分子也得不到任何好處。安赫爾實在想不出究竟有什麼可以讓那些反抗組織豁出去的誘因。

「管理局和政府的關係很差嗎？」一看見安赫爾對政府反感到不行的態度，白火湊近艾米爾耳邊，低聲一問。

艾米爾有些尷尬的點了點頭，小聲的回答：「管理局畢竟是不受政府管轄的獨立機構，難免會和世界政府有些摩擦。」

其實前陣子安赫爾還和世界政府的幹部大吵了一架，這點他沒有說出來。

「可是當初管理局不就是政府和民間共同設立的嗎？」

「所以才更複雜。明明是麾下的機構卻獨立出來，甚至還演變成對立關係。」

「但是，安赫爾，那畢竟是太陽能發電塔，還是主動協助政府會比較好吧？」芙蕾蹺起腿來，有些不耐煩的敲著鍵盤，「我會把情報傳給政府，剩下的就交給你決定。」

安赫爾環起雙手開始思考，所謂恐怖攻擊應該只是威嚇政府和民眾，發電塔真的被炸掉的機率根本是微乎其微。

「暮雨老弟呀，你打算怎麼做？」

「與我無關。」暮雨冷酷的別過視線。

「回答得還真乾脆。不過也是啦，反正負傷中的你哪裡也不能去。」安赫爾調遠視線，望了所有人一圈，「總之，繼續調查ＡＥＦ，記得別把情報散播出去了，那個紅髮貓眼可能還會跑來局裡把識別證搶回去，自己小心點。」

「那個，有什麼我可以幫忙的嗎？」這時，白火舉手。

她這一番話理所當然引來所有注目。

「白火？」

「我知道我才剛來這裡沒幾天，什麼事情也不知道，可是一直袖手旁觀也有點過意不去……」

如果諾瓦爾是衝著她來的，那麼暮雨遭襲可能是受到牽連，加上艾米爾又因為保護她而重傷，她總覺得自己得負起責任，不能再畏畏縮縮躲起來旁觀。

她是來自過去的純種烙印者，是沒有影子的孤兒，如果可以，她想藉此調查出自己的身世。白火甚至在想，諾瓦爾把她帶來這裡，說不定正是為了這個目的。

「我想幫忙……只要是我能辦到的事情，我什麼都做，拜託了。」

「白火，妳認真的？」芙蕾壓低聲音一問。她看見白火點點頭後，不知怎的，苦惱的把頭髮撥到腦後，「妳說出很不得了的話啊。」

「什麼意思？」

「好自為之吧，我可幫不了妳。」

她用下巴點了點遠方的安赫爾，白火順勢看了過去。

「呵呵呵呵……」

——見鬼了，安赫爾居然在笑！

那種燦爛過頭的笑容根本好比滅世大魔王，白火頭皮發麻的抽了口氣，一連退了好幾步。

「說了就不能反悔了喔，白火妹妹！」

「安、安赫爾？」看著突然笑得詭譎又兩眼發光的安赫爾，白火直覺自己走上了一條不歸路。她見安赫爾沒回答，暮雨又不可能搭理她，馬上轉頭看向艾米爾，緊張的問他：「艾米爾，到底怎麼了？」

「……請保重。」知道已經沒救的艾米爾別過臉。

「艾米爾？！」

「暮雨，把她送到訓練場去，剩下的就交給你啦。」安赫爾彈了個指。

「知道了。」才一道黑影閃過去，原本和白火有些距離的暮雨突然出現在她身後，抓住她的手腕，「過來。」

「等、等等，什麼意思！為什麼要去訓練場？安赫爾，到底怎麼回事！」白火試圖甩開暮雨的手，但對方抓得緊緊的，她根本徒勞無功。

「妳不是想幫我們管理局的忙嗎？那就趕緊成為獨當一面的純種烙印者，用自己的力量逮住那些竊賊和恐怖分子吧！反正在抓到紅髮貓眼之前，妳也回不了家。這是合作，合作！」

安赫爾兩眼一瞇，露出最迷人也最殘酷的笑容——

「歡迎加入時空管理局的行列，白火妹妹！」

看著他那張笑臉，白火有生以來第一次有了想死的念頭。她剛剛到底是哪根筋不對才會說要幫忙的啊！居然一下子就被推到了火坑裡！

「安赫爾，你這是假公濟私！」她也顧不了情面了，開口大罵。

「別講得那麼難聽，這是培育富有競爭力的下一代。好了，暮雨，帶走。」

「等一下，給我等等！」

整個人被拖到門口的白火死命扳住門框，但暮雨完全把那些抗議聲當耳邊風，繼續扯著她的手。

「我說等一下！訓練場到底是什麼啦！」

該不會是什麼純種烙印者速成班的恐怖地獄吧？居然要把才來到這裡不到一星期的時空迷子送到那種地方？這些傢伙還有良心嗎！

看她抵死不從，暮雨這冰塊露出至今為止最有情緒的表情說：「我救不了妳。」妳就好自為之節哀順變自生自滅吧！——白火從他略帶悲哀與同情的眼神裡讀出這句話。

「態度也差太多了吧！為什麼！」怎麼這麼聽話！這人不是家喻戶曉、甚至可以說是惡名昭彰的魔鬼科長嗎！為什麼在安赫爾面前乖順的跟兔子一樣！

暮雨絲毫不管她的抗議，像是運貨那樣把白火扔出門外，自己也走出去後便把門一甩關上。

「……局長。」這兩人一走，艾米爾立刻投出譴責的眼神。

「有什麼辦法？局裡缺人，暮雨負傷、你也負傷，又有局員被調到其他分局，人手不夠嘛！」安赫爾眨眨眼，豎起大拇指，「再說又是難得一見的純種烙印者，好純種，不用嗎？」

「……」

「大致上就是這樣。芙蕾，聯絡政府的工作就交給妳了。那麼就地解散吧。」

——武裝科科長暮雨可是管理局裡出了名的魔鬼上司，等一下偷溜去看看白火會被壓榨成什麼慘狀好了，說不定一瞬間就成為世界最強的純種烙印者呢！

安赫爾如此樂觀的想著，完全認為自己非常有效率，一下子就能把等級一的時空迷子訓練到等級兩百，重點是不費他吹灰之力，傻女孩就來自投羅網。

他滿意的哈哈笑了幾聲，離開鑑識科。

★※★◎★※★

白火可以說是像破抹布般被扔進電梯，到了地下三樓又從電梯裡被抓出來，一路被暮雨拖進時空管理局的地下訓練場。

公元三千年的實境訓練場，當然不像她想像中的棒球打擊練習場或是射箭場那樣充滿著人形立板和箭靶子。

管理局的訓練場分成兩大部分，第一部分是普通的槍術射擊場。不只是武裝科，調停科和鑑識科時常也會遇到突發狀況與攻擊，射擊場就是用來訓練這些非烙印者的射擊技術。這點白火還能適應，就是拿著槍枝瞄準數十公尺外的靶心進行射擊。

暮雨當然不會這麼好心的把她扔到射擊場，要是開個幾槍就能成為獨當一面的純種烙印者，她也用不著這麼抗拒。

他們來到的是訓練場的第二部分，模擬實境的實戰訓練場。

暮雨不吭一聲的把白火丟到訓練場的其中一個小房間裡，「噗！」白火狼狽的撲倒在地上，還沒站起來就聽見房門被反鎖的聲音，她連站起來的閒暇都沒有就拚命爬回門口，猛敲著門。

「等等，暮雨先生，這到底是怎麼回事！」是要把她丟在裡面自生自滅嗎！

「還記得烙印發動時的感覺吧。」

密閉空間內傳來暮雨的聲音，他應該在外面操作機器。

強化玻璃門怎麼也打不開，加上是高科技的電子自動門，當然也沒有所謂的門把可以讓她轉動，白火只好欲哭無淚的點頭如搗蒜。

暮雨的脾氣不太好，果然和她猜得沒錯，看他這種強硬作風，絕對是個貨真價實的惡鬼。

「發動烙印的方法一共有三種：憤怒、為了守護他人所產生的使命感、以及危機意識。若想要隨心使用烙印，首先就是滿足這三種條件。」
前面兩種白火都體會過了，她直接問第三個方法：「危機意識？」
「換句話說就是求生本能。」
「……」
聽到這裡，白火用膝蓋想都能猜這個魔鬼科長想做什麼。
「慢著，等一下，您該不會是想——」
「接下來將會進行實戰演練，我可不會進行指導，想活下來就自己想辦法。」
叮的一聲，白火尚未反應過來，房間內的顏色和擺設瞬間大改造！
原本四方形的白色空間突然變色扭曲，地板變成細沙與塵埃飄揚的黃土地面，四面八方的牆壁登時托高變形，化成一個將她包覆起來的圓形高牆。她驚恐的梭巡四周，發現自己就站在圓形場地的正中央。
圓型場地四方有著出入口，抬頭一望，還可以看見逐漸托高的觀眾席，模擬訓練場還很盡責的把湊熱鬧的觀眾也塑造出來，數千位群眾的叫喊聲馬上灌入她耳裡。
黃土地，圓形擂臺，由內朝外托高的場地。
她隨便看也看得出來，是羅馬競技場……為什麼不是別的地方偏偏是羅馬競技場！
「暮雨先生，我辦不到！我真的辦不到，快點讓我出去！」

她對著天花板大叫，才驚覺原本的天井早就變成藍天白雲，一陣風吹過來，甚至能看見頭頂的雲層隨著風向飄動。

「想出來等打贏了再說。」

「太過分了吧！我可沒有說要接受這種訓練！」

「是妳自己說想幫忙的吧？只要是能力所及妳什麼都肯做。」

「……你們一定是故意曲解我的意思……」白火摀著臉，她已經不想爭辯了，再這樣吵下去，她還算正常的性格絕對會扭曲變質。

場景變成羅馬競技場，想當然耳，門自然也不見了。如果還能找到自動門在哪，她就算用撞的也要把自動門撞壞逃出去，順便賞暮雨一巴掌報仇。

白火瞄了一眼左手的烙印，就和普通的刺青一樣，根本沒有之前出現的白色光芒。

「我大致說明現況，場地為圓形競技場，難易度為低階，剩下的自己隨機應變。」

「你那是什麼鬼說明！有講和沒講一樣！」她已經不想管形象了，努力培養出來的鎮靜性格終於在這裡毀於一旦。

「可別因為是模擬練習就心存僥倖，痛覺還是有的，不小心死在裡面我可不會救妳出來。」

「你這個魔鬼科長！」

白火和頭頂傳來的暮雨聲音對嗆的同時，對面的競技場入口似乎跑出了什麼東西，她看了一眼，不看還好，一看差點哭出來。

出現在她眼前的居然是一頭公獅！

身長約二點五公尺、長滿咖啡色鬃毛的莽原之王，活生生的出現在她眼前。

「獅、獅子？！等等，為什麼會有獅子！」

「貓科動物的一種，脊索動物門哺乳綱食肉目豹屬。」

「我沒有瞎，我看得出來！為什麼要放獅子！」

「模擬古羅馬人迫害基督徒的場景，距離妳的時代很近，應該很有親切感才對。」

「我就知道！你們果然把我當原始人看待了吧！幾千年前的事情了哪會有什麼親切感啦！」

眼前的公獅發出咆哮，俯下身，緩緩朝她走了過來。

白火冷汗直流，嚥了口唾沫，本能的往後退，獅子每接近一步她就往後走一步，背後漸漸貼上了競技場的圍牆。她還聽見上方的圍觀群眾傳來了噓聲，有些人還拇指朝下暗指她很遜。

這個模擬實境在這種無所謂的方面倒是格外講究。

「暮雨先生，我到底該怎麼辦？」

「這充其量不過是模擬實境罷了，就算擊倒敵人也不會有物種保育的疑慮，儘管放心吧。」

「所以我說不是那個問題！而且比起我的生命安全你還比較在意物種保育嗎！」

完全崩潰的白火顧不得形象大叫，吼到一半才發現眼前的獅子已經跳躍到高空中，整頭飛撲了過來，「嗚哇哇哇！」她趕在被血盆大口咬住前往旁邊一滾，側身在地上翻了幾圈，全身沾滿了黃土。

心跳急速攀升，喉嚨乾渴得像是火在焚燒，就算是模擬實境，也確切感知到生命受到威脅。急促呼吸又跌到地上的她吸進了地上的沙土，痛苦的乾咳了幾聲。

眼看著公獅又要進行第二波攻擊，白火慌慌張張的從地上站起來。

此刻，一股熱流傳上掌心，她訝異的望向左手，發現左手背的烙印不知何時竟發出暖流光芒，形成包覆她掌心的雪白色火焰。

——不會吧，這慘無人道的恐怖訓練真的奏效了？

她還來不及讚嘆，剛才撲空的獅子又是一個轉身，朝這裡跑了過來。

窺伺到危機尾巴的白火當然是轉身就跑，先是往旁邊跳閃過獅子的飛撲，然後繼續拔腿往前狂衝。

「可以燒的東西、可以燒的東西……」她還記得上次輕而易舉就把陸昂丟來的毒針燒個精光，看來手上的火焰威力非比尋常，她邊逃邊瀏覽周圍，渴求找到救命繩之類的東西，「搞什麼鬼，根本沒東西可以燒啊！」

如果地點是森林那還有辦法，但羅馬競技場根本空無一物。白火抬起頭一瞪，觀眾席上太高了根本爬不上去，不然她就可以把上面的人抓下來當成火球扔到獅子嘴裡。

那麼直接去抓獅子的尾巴讓牠著火？不行，她可沒那種勇氣。

再這樣被獅子追著跑下去會累死，停在原地不動也會被咬死，重點是就算死了，那個魔鬼科長很可能照樣會把她丟在原地，讓死在模擬實境的她回到現實世界再死一次。

白火邊跑邊往地上一看，剩下地面，只能賭一把了。

她單膝跪下，把纏滿火焰的左手貼上黃土地，「……拜託了！」左手用力一壓，心想著把手上的火焰傳導到地面。

距離自己不到三公尺的獅子躍起四肢，齜牙咧嘴的飛撲過來。

同一剎那，熱騰騰的蒸氣貼上白火的臉部肌膚。

地面轉瞬間竄出與白火手上相同的雪色火焰，以她為起點，兩條銀雪色火蛇朝左右兩方奔出去，包圍住在空中已跳出一道弧形的公獅。

兩團火焰長柱噴射出來，繼續向前蔓延衝刺，繞了一彎，並在數公尺外會合連結，燒出一團剛好環住獅子的小型雪色火圈。

公獅降落到地面，四周盡是烈焰火牆，火焰一口氣反撲到牠身上，使牠寸步難行。

白火一時間無法明悟自己做了什麼事，只覺得身體又像之前那樣自己動了起來，絲毫沒有邏輯性和理由。她回過神，才驚覺眼前築起了一道白色火牆，那頭差點吃了她的獅子就被困在當中，任由高溫焚燒。

猛獸爆出一大聲嘶吼，身軀融入火焰裡。

即便只是模擬實境，這場景也太過真實，白火害怕的退後好幾步。觀眾席上的人群似乎也被她這招嚇傻了，一片鴉雀無聲。

「暮、暮雨先生……」

「看見了。」

頭頂上傳來暮雨的聲音，口氣還是一樣冷，白火猜不出來他的心情如何。

「可以停止了吧！那頭獅子有點可憐……」

「還不是被妳燒的？」

嘴上是這麼說，暮雨馬上解除了模擬實境。

現場褪去色彩，空間扭曲，一眨眼，室內恢復成最初的白色四方形空間。白火全身癱軟跪倒在地，貼在距離她最近的牆上，大口大口喘著氣。

她抬起左手，火焰還沒消退，她用另一隻手摸了摸眼睛，雖然感覺不太出來，但眼竄隱約傳來血液流動般的暖度，瞳孔應該還保持著血紅色。
她瞄了門口的自動門一眼，心想著如果待會暮雨走進來，乾脆一舉把他也燒成灰燼算了。
暮雨解開門鎖，從外頭走了進來，停在她面前。
「那什麼眼神？」
「……沒、沒事。」
事實證明科長的氣勢太過壓迫，她還是不敢動粗。
原本以為這個魔鬼科長又要把她拖到第二層地獄，沒想到暮雨只是單純的對她伸出右手。
——這人意外的還算紳士啊……
白火一時有些錯愕，愣愣的握上他伸來的手站起來，對方手心冰冷得不像是正常人的溫度。
經歷這一戰，果然還是有點腿軟，她剛站起來又差點跌回地上。此時，左手的烙印火焰已經消失了。
暮雨面無表情，用手比了個「六」的手勢。
「六、六十分？」

「妳哪裡看見我有六十根手指？」

所以是六分！白火差點哭出來，這個沒血沒淚的暴君！

面對不及格差點就要死在訓練場裡的可悲迷子，魔鬼科長雙手交抱冷哼了聲：「回去吧。」

他那逐漸遠去的背影還算是尚存著一丁點慈悲，白火鬱悶歸鬱悶，仍舊追了上去。

兩人走出實境訓練場，暮雨走在前方頭也不回的問：「記住剛才那種感覺了嗎？」

「應、應該吧。」

「要是敢忘記，我就再把妳扔進去餵獅子。」

「我不會忘的！那個，局裡的人……大家一開始都是這麼被訓練的嗎？」

「當然不是，妳是特例。」

「……」白火翻翻白眼，果然是純種烙印者速成班。

科長都這麼亂來了，她敢打賭身為上司的安赫爾總有一天絕對會把她丟到研究室裡進行人體實驗。

「那麼今天就到此為止，妳可以離開了。」暮雨丟下這句話，再度朝電梯走去。

「請等一下，暮雨先生！」看見暮雨不耐煩的轉回身體，白火一時間不知道該說什麼，她結結巴巴的開口：「那、那個……如果可以的話，在回家之前，我想要查清楚身上的烙印到底是怎麼回事，可以嗎？」

「這種事別問我。反正逮到諾瓦爾之前，妳哪裡也去不了。」

暮雨白了她一眼，轉過身子，自顧自的離開現場。

白火看著他越走越遠，他的口氣雖然帶刺又沒耐性，但聽起來就像是在告訴她「隨妳高興」一樣。

暮雨雖然冷酷又不擅言詞，但就像艾米爾所說的，人還不壞。

★※★◎★※★

「艾米爾，身體好點了嗎？」

在那之後，白火開始被迫接受堪稱永不見天日的烙印者速成訓練。

接受魔鬼訓練的她平時無處可去，胡亂跑出去又擔心會遇到陸昂那類的恐怖分子，因此除了被暮雨扔到訓練場自力更生的時間之外，她通常都會去探望艾米爾。

起初她認為三天兩頭往別人病房跑會給對方添麻煩，但艾米爾自己表示成天關在房裡無事可做，正好想找個人聊天，白火來探病恰巧可以讓他轉換心情。

「已經可以下床走動了。謝謝妳的關心，白火小姐。」艾米爾正在看書，他一看到白火走了進來，便將書本合起放到矮櫃上。

「打擾到你了嗎？」

「沒這回事，只是消磨時間而已，都是些看過的書。」

白火來探病時，通常會和艾米爾聊聊她的世界，也就是2012C. E.的事情。

自從上次暮雨把她丟到羅馬競技場還問她有沒有親切感時她就猜到了，公元三千年的人一定都把她當成山頂洞人那類的珍奇異獸，以為她靠鑽木取火求生。

既然還得在管理局待上一陣子，她也要改變心態才行，首當其衝就是要教育這群未來人正確的歷史概念。雖然這種生活環境下她很難保證自己會不會精神分裂，尤其是對上安赫爾那傢伙，在某方面來講他也能稱得上是魔鬼局長。

艾米爾是土生土長的第二星都人，沒有去過地球，對於白火的出生地「臺灣」很感興趣，於是前幾天白火就開始和他說些有關臺灣的事。

「臺灣的形狀差不多就像番薯那樣。」

「番薯？那是什麼？」

「就是地瓜。」

「地瓜？」

「一種根莖類的食物，長在土裡。」

「所以臺灣是長在土裡的地底國家嗎？」

「……」

精疲力盡的白火只好拿了張紙，大略畫上臺灣的形狀，並標了首都位置、畫出國旗樣貌，然後旁邊寫了「面積約三點六萬平方公里」的字樣。

艾米爾看了看她標註的面積，理解的笑著說：「三點六萬平方公里啊，我想想，相當於13區的一半呢。」

「……」

事後她去翻了資料，雖然資料上寫得委婉，但她還是看得出來臺灣似乎在幾百年前就沉入海底了。不只是臺灣，她熟悉的許多國家都變成現代版的亞特蘭提斯，海平面上升的威力果然駭人。

回到現實，今日照常來探病的白火走進病房時，艾米爾就率先向她報告了好消息。

「對了，關於太陽能發電塔的恐怖攻擊，局長還是決定前往支援了喔。」雖說是負傷療養中，他還是有好好在關注管理局的內部運作。

「安赫爾之前不是還在鬧脾氣嗎？」

「局長就是喜歡鬧彆扭，可畢竟關係到民眾安全，他還是會去的。」老實說他之前也有點擔心局長這次會不會鬧脾氣鬧過頭，完全不管政府死活。他接著問：「白火小姐的訓練呢？一定很辛苦吧，暮雨先生是管理局出了名的魔鬼科長。」

「……我感覺得出來。」已經充分體會到暮雨可怕之處的白火抽了抽眼角。

她甚至覺得自己已經很幸運了，如果是武裝科的成員，很有可能會被暮雨虐待到人間蒸發。

「等到能靈活運用烙印，我就能加入管理局了吧？」

「妳還沒打消那個念頭啊……如果是那樣的話，應該沒問題。畢竟烙印者的生理機能與各項素質原本就比一般人類優秀，純種就更不用提了。」

接下來的話，艾米爾猶豫了一下才說出口：「白火小姐是很特殊的存在，管理局從以前到現在都沒有出現過來自過去的烙印者。不瞞妳說，我甚至有種局長不會乖乖放妳回去的預感。」

「……老實說，我自己也很想知道。」白火看著自己的手，雖然她清楚回去時會被消除記憶，但還是想釐清自己的身世之謎，「我是孤兒，九歲以前都在孤兒院長大，我在想……手上的烙印應該可以查出些什麼才對。」

「孤兒……一定很辛苦吧。」

聽到「孤兒」這個詞，同樣身為孤兒的艾米爾略帶驚訝的張大眼，隨即恢復成平日的神情。

「那麼在回到家之前，請暫時把管理局當成自己的家吧，雖然這個家吵鬧了點。」

「謝謝你，我會這麼做的。」

「對了，要吃點心嗎？之前有人探病時拿過來的，我一個人實在吃不完……」

如果真的可以加入管理局，白火不知道自己會被分去哪一個部門，希望別是武裝科才好。有那種魔鬼科長在，她絕對會過勞死在公元三千年的世界，一輩子也回不了家。

05. 第一戰：當誘餌？

太陽能發電塔恐怖攻擊計畫當日，一部分武裝科科員前往發電塔，協助世界政府軍的警備。基於恐怖攻擊可信度不明，政府提供的警備兵力有限，數量甚至少於管理局的增援。武裝科科長暮雨負傷中，並沒有參與任務，而是由局長安赫爾帶領其他科員前往發電塔。

得知政府絲毫沒把恐怖攻擊當一回事，只打算叫管理局收拾爛攤子，安赫爾氣炸了。去支援的話，被恐怖分子放鴿子會很丟臉；不去的話，今後又會被政府數落一番。為了管理局的尊嚴，他只好乖乖前往發電塔，沒想到就這麼被世界政府陰了一把。

白火完全能想像此刻在發電塔待命的局長一定火冒三丈，如果恐怖分子真的來了，他大概會把那些傢伙緩速，然後統統丟到宇宙裡撞隕石。

由於武裝科前往支援，今日的管理局一樓公共大廳比平時空蕩了些，地下訓練場也沒什麼人影。這倒沒什麼影響，白火還是照往常被魔鬼科長丟到模擬實境裡展開慘絕人寰的生存遊戲。

艾米爾已經康復，但身體還是有些虛弱，留在管理局裡擔任內勤。責任感強烈的他忙著把囤積的工作處理完畢，不時還關注太陽能發電塔的最新消息。如果恐怖攻擊是假消息固然好，但這樣對前去支援的成員很過意不去，事後還會被政府質疑恐怖攻擊情報的來源究竟為何。兩難之下，他索性關掉訊息螢幕，乾脆不管了。

最不以為意的人應該是芙蕾，鑑識科本來就不喜歡干預時空裂縫以外的事情，通報恐怖攻擊那次只是好人做到底。她甚至差點忘記今天是恐怖攻擊的日子。

★※★◎★※★

芙蕾一如往常走在一樓的公共大廳，打算搭電梯前往五樓鑑識科工作。

「奇怪，今天局裡的人怎麼有點少？局長呢？」她搔搔臉頰，待在大廳正中央思忖了幾秒，才想起來那個吵死人的安赫爾現在正在發電塔裡。

難怪耳根子那麼清靜，乾脆以後她也來做些假的恐怖攻擊預告信好了，每個星期轉發一份給安赫爾，讓他把第二星球的重要地標全程跑透透。少了堪稱災難來源的局長，管理局絕對相當和平。

「不好意思，小姐，請問這裡是時空管理局嗎？」

正當她轉身走向電梯時，突然被一位青年叫住了。芙蕾回頭一看，是位身材高瘦、穿著輕便、戴著鴨舌帽的黑髮青年。青年面帶微笑的走了過來。

芙蕾看著迎面走來的青年，黑髮黑瞳的東方面孔，除此之外並沒有什麼特別之處。這青年如果直接混入人群中，她也沒有能找出來的自信。

雖是如此，芙蕾還是很有興趣的端詳著青年的臉龐。

「是沒錯，怎麼了？」

門口雖然沒有大大寫著「歡迎光臨時空管理局」的門牌，但管理局的建築外觀可是基本常識，芙蕾還是第一次被人這樣問。

「不好意思，我是從第五星都來的，這陣子休假，想說來這裡旅遊……」黑髮青年也注意到她的疑問了，率先開始解釋，「因為這裡和第五星都的管理局氣氛差異挺大，想說是不是走錯地方，看來是沒問題了。」

「來觀光的嗎？會想要來這種地方玩，你還真有趣。」

比起管理局，應該有更多地方可以參觀才對，芙蕾搞不懂為什麼千里迢迢從別的人造星球來這裡旅遊，卻選擇到這種枯燥乏味的地方。

「可是和我想像中的有點不一樣呢，原本以為局裡會有很多人的。」

「本來就不會有什麼人來參觀管理局，何況今天比較特別。」對方是一般民眾，芙蕾沒有多提恐怖攻擊的事情，她轉了個話題，問道：「對了，看你一個人的樣子，需要替你介紹嗎？」

「咦，可以嗎？但是小姐妳不是在上班……」

「不會，現在是休息時間，反正閒著也是閒著，再說像你這種對管理局有興趣的人也很少見，遇見也是種緣分，我就帶你逛一下吧？」

芙蕾走上前，她看了一眼青年清秀的臉龐，黑髮正好襯托出對方的白皙膚色；她又低頭看了他的手，這時才想到自己的態度似乎太主動了，連忙低頭敬了個禮。

「不好意思，我有點多話了，因為會來參觀管理局的人實在不多，感覺挺新鮮。」

「不會，沒關係的，倒不如說有人帶路真是幫了大忙。」青年笑了幾聲。

「我叫芙蕾希雅，叫我芙蕾就行了。」芙蕾也露出微笑，對眼前的青年伸出右手表示友好。

青年也回握住她的手，「我叫做──」

「陸昂，對吧？」

「什麼？」

黑髮青年還沒反應過來，芙蕾就把他的手一翻，手背朝上，攤出青年右手手背上的格帝亞烙印。

不，是類似於格帝亞烙印的蛇紋刺青。刺青從青年的手背開始，一路蔓延到手腕位置，並彷彿一條黑蛇般鑽到袖口裡。

一看清楚對方手上的刺青，又確定對方擁有影子，芙蕾更加篤定了，她趁青年措手不及時拐過對方的手，左腿一個迴旋踢，揚高腿把青年的鴨舌帽踢離頭部。

帽子掉到地上，青年藏在帽子裡的長辮終於落了下來，滑到腰際。省去鴨舌帽的帽簷阻擋，黑髮青年的清秀面孔更是一覽無遺，隨興翹起的黑短髮、垂在腦後的黑髮辮、似笑非笑的薄唇、以及微微上彎的鳳眸。

「……果然沒錯，你就是前陣子的那個街頭藝人，感謝你對艾米爾的關照啊。」

芙蕾一揪出對方的真實身分，馬上鬆開陸昂的手，朝後方一退——

因為陸昂早在帽子被踢掉的那一刻就不落人後的拿出烙印軍刀，毫不遲疑的朝她臉上一劈！

她雖然閃得快，卻還是被削斷了幾根髮絲。

「真是大意了，失算失算。」

揮了個空的陸昂也不管自己的身分暴露了，嫌礙事的踢開地上的帽子。他的演技確實不錯，剛才那副文藝青年彬彬有禮的樣子，和現在這副宛如狐狸的輕浮模樣根本判若雲泥。

「小姐身手挺不錯的呢，待在伊格斯特真是太可惜了，別當什麼拯救時空難民的偽善者了，來我們這邊大放異彩如何？」他收回砍到空氣的軍刀，訕訕一笑，絲毫沒有因為被識破而亂了陣腳。

「辦不到，我和你這種有烙印又有影子的怪人不同，注定要待在局裡了。」

「真是奇怪，我明明沒見過妳，怎麼會被發現呢？」

「你見過艾米爾，這點就夠了。」芙蕾從口袋抄出手槍，立刻上膛對準前方的辮子青年，「像你這種把犯罪當兒戲，簡直和愉快犯沒兩樣的恐怖分子，我想忘也忘不了。」

艾米爾負傷後，她利用關係得到商店街的監視錄影，藉此一探陸昂的樣貌。引起如此大騷動的陸昂絕不可能之後也穿著中國傳統長袍大搖大擺走在街上，所以她特別記住了對方的五官，以及右手手背上的蛇紋刺青。

事實證明果然有用，她一開始被偽裝成觀光客的陸昂叫住時，看了對方第一眼就覺得那張臉似曾相識——她馬上想起正是那個恐怖分子賣藝人。之後她又趁著對話時偷瞄了對方的影子和他手上的刺青，更加篤定是陸昂本人。

至於陸昂會選擇叫住她，似乎純粹是湊巧，他也沒料想到居然因此暴露身分。

芙蕾暫時壓制住陸昂的行動，她馬上對周圍的局員大吼：「快去通知武裝科，這傢伙可是前陣子企圖把民眾捲入時空裂縫裡的凶手！」

兩人對峙的地點是管理局公共大廳，一見情勢不對，其他局員立刻對前來管理局辦理事務的一般民眾進行疏散與保護。一樓的通訊官也馬上發出警告廣播，並通知武裝科請求支援。公共大廳登時陷入一片混亂。

管理局全館立刻發送出緊急通報，廣播聲加上人群喧嚷，轟炸著芙蕾的聽覺。鑑於陸昂可以開啟人造時空裂縫，她也不敢輕舉妄動。

「……另一個叫諾瓦爾的男人也是你的同夥對吧，那個叫做ＡＥＦ的反管理局組織。之前偷襲白火和暮雨也是你們的主意？」

她甚至猜想陸昂是專門挑今天闖入局裡的，大部分武裝科科員都調往太陽能發電塔，守備力量大大減弱。

「不不不，諾瓦爾雖然也是我們家的人，但那次的行動和組織無關，全是他自己一廂情願。他就是那樣我行我素的傢伙，身為搭擋的我很困擾呢。」

「遺留下來的識別證呢？」

「這我就不知道是有心還是無意了，諾瓦爾那隻貓很難捉摸啊！」陸昂愉悅的勾起脣角，他完全篤定芙蕾不敢當場開槍，若無其事的晃著身子，「不過有關恐怖攻擊這件事是真的喔！發電塔那裡現在應該很忙碌才對。」

「所以你們乾脆搭上順風車，趁武裝科被調到發電塔時闖進來，是吧？」

「沒錯，鑑識科的小姐果然冰雪聰明！」

陸昂裝腔作勢的擊了個掌，拍手聲在大廳裡引起回音，這聲音馬上被不斷重複播放的警示音吞沒。

「好了，想問的都問完了吧？那麼接下來就是我的時間啦，鑑識科小姐。」陸昂把玩著手上的軍刀，照他那揮刀姿勢，似乎又打算像上次那樣做出人造時空裂縫來。

芙蕾不給他空檔，立刻開了一槍。

陸昂彷彿早就知道她會在這個時機開槍，輕鬆俐落的閃過子彈，迅速逼近她眼前，側身一個肘擊就往她腹部撞去。

「嗚！」芙蕾悶哼一聲，這下力道不小，她差點鬆了手上的槍枝。

「不好意思，打鬥方面我主張兩性平等，可不會因為小姐妳是個美人就放水喲。」

眼看著馬上就要被其他局員追擊，陸昂立即高舉軍刀，像之前在商店街那樣朝前方揮去。

不出所料，一道紫色裂痕隨著刀身落下逐漸現形，朝兩方擴大，僅僅數秒內就化為將近有三公尺高的巨型深紫色黑洞。

「這次只是來伊格斯特玩玩，順便給個見面禮，我就不打算太認真啦。」

「你這傢伙……」

芙蕾按住腹部，令她疑惑的是，這個人造裂縫竟然沒有產生風壓。正常的時空裂縫會在形成時產生強風和吸力，但眼前這個黑洞別說是人了，連地板上的塵埃都沒有被吸進去。

「這次有點不一樣，不是『入口』，是『出口』，是連結著某個異邦的裂縫出口。

接下來我也不多說了，妳應該能猜到是什麼吧？」

陸昂笑得露出一口白牙。同時，他身旁的時空裂縫有了動靜。

一個遠比時空裂縫還要漆黑、還要深沉的物體闖了出來，先是前腳，再來是頭部，最後整個身軀都脫離裂縫，暴露在眾人眼前。

濃稠如墨的黑色實體絲毫沒有輪廓和細節可言，只能用肉眼判斷出是類似犬或狼的巨大野獸，高度約兩公尺，身長至少有三公尺以上，身後類似是尾巴的黑色形體拖曳到地面上。

當野獸連尾巴也完全脫離裂縫時，陸昂一個彈指，人造時空裂縫便癒合成一條裂痕，空間再度恢復原樣。

「這孩子也是異邦來的喔！名字嘛，我想想，根本是一團黑影，就叫牠影獸吧？」語畢，站在影獸身旁的陸昂即時跳開，脫離影獸的視線範圍內。光是這個動作，芙蕾就知道就連召喚影獸出來的陸昂也無法駕馭這頭黑色野獸。

「至於是哪個異邦我也說不上來，反正是在某個機緣下發現這孩子的，生性殘暴可是花了我好一段時間才帶回來呢。」陸昂一個翻越，靈巧的跳到樓中樓的柱子上，他鳥瞰一樓大廳，指了指被他從人造黑洞裡帶出來的猛獸，「影獸的習性很簡單，喜歡追著沒有影子的人——也就是追著格帝亞烙印者跑，明白了嗎？」

「陸昂，你這傢伙闖進局裡到底有什麼目的！」芙蕾並不是烙印者，想當然耳，就算她站在影獸面前也沒有立刻遭到攻擊。她立刻跳了開來，拉遠和影獸的距離。

「沒什麼，只是想惡整一下伊格斯特而已，因為看你們很不順眼。」

此時，大廳深處的電梯門打開，正好從地下訓練場上來的白火和暮雨從電梯裡跑了出來。

白火第一眼就看到退至大廳深處的芙蕾，馬上衝了過去。

「芙蕾，我聽到剛剛的廣播了，到底是發生什麼——」

她話才講到一半就卡住，因為看見了停在大廳中央的影獸和樓中樓柱子上的陸昂。

「你是上次的……陸昂！」

停在大廳中央的影獸壓低身軀，從牠口部位置的影子處發出咆哮聲。

「許久不見，純種姑娘。」陸昂煞有介事的揮揮手，「我向諾瓦爾問了一下，妳似乎叫白火的樣子？白火姑娘，這名字還真適合妳呢。」

他的意思很明顯，白色的火焰，正好是白火的烙印能力。

「陸昂！為什麼你會在這裡？」

「自個兒去問旁邊那位鑑識科小姐吧，我要先告辭了。」陸昂轉身朝後一躍，他的目標不是大門，似乎是想直接破壞二樓的窗戶離開。

眼見情況危急，暮雨二話不說就是追上去。

「暮雨先生！」看著負傷的暮雨居然跑去追陸昂，白火根本反應不及，她的目光馬上被眼前的影獸懾服住，「芙蕾，這是——」

她話還沒說完，影獸已經有了動作。

猛獸尾巴一甩，距離最近的通訊處桌椅當場被揮飛出去，淪為一堆粉塵碎塊。見識到這股威力，殘留在大廳的其他局員立刻朝四面八方竄逃。

前往支援發電塔的武裝科科員不在，其他科員又外出執行其他武力調停任務，一時間根本沒有足以制伏住影獸的兵力。

無法瞧見影獸的眼珠子，但端詳牠擺晃頭部的動作，白火也能感覺出影獸正在尋找對象。接著，影獸類似是鼻尖的器官一掃過白火，猝然停留在她身上。

「白火，快閃開！」芙蕾驚覺到危險，抱住白火的肩膀，往旁邊一倒。

下一秒，影獸抬腳一跳，筆直俯衝向兩人上一刻停留的位置。撲了個空的影獸撞上牆壁，牆旁的電梯門也沒倖免，與牆壁一同被撞凹了個洞。

倒在地上的白火趕緊爬起來，「芙蕾，那東西到底是——」

「是影獸！會追著烙印者跑，總之妳快點離開！」

「但是局裡的人——」

「快走！」

影獸晃開身上的牆壁碎片，甩了甩頸子，再度逼近白火。

一對上那看不見雙眼的黑色物體，白火登時呼吸一停，寒意從腳底板竄了上來，她當下就掌握住現況——陸昂趁著武裝科外出時闖進來，暮雨不顧傷勢前去追趕陸昂，現場沒有人可以制止住這頭黑影野獸。

她不管芙蕾叫她快逃的嘶吼聲，閉上眼，深深吸一口氣。

當她張開眼眸時，瞳孔已經化為紅寶石般的赤色，左手也出現雪白色的烈焰。

「白火？妳想做什麼！」

「我當誘餌，把這東西引到人少的地方去，你們趁這個時候想想辦法！」白火起身拾起巴掌大的牆壁碎片，聚滿火焰，朝影獸扔了過去。

帶著雪白色火焰的牆壁碎片飛向影獸身軀，立即被濃稠的黑色身軀吸收，根本不見效果。倒是影獸確實被吸引了注意力，又是一聲低啞吼聲，俯低身子走向白火。

確定已經被盯上了，這時白火靈機一動，轉身奔向大廳深處的小走廊，臨走前又回頭一吼：「芙蕾，樓中樓那裡有地毯對吧！去那裡等我！」

她記得走過走廊之後有另一個類似小儲藏室的空間，囤積著展示品和裝飾品，重點是——那裡也是樓中樓。

影獸一看見她拐了個彎衝進走廊裡，正在奔跑的巨大身軀也跟著煞車、轉身，追著白火撞進走廊中。牠的體積驚人，擺放在大廳裡的物品和椅子不是被撞飛就是被踩爛，甚至連走廊入口也被牠的背脊撞出一道裂縫，碎石塊零零落落剝除了下來。

「……嘖！」眼看著白火已經跑了，暮雨又不見人影，芙蕾只好利用掛在耳邊的小型通訊器，直覺尋找最信任的人求救：「艾米爾，你知道現在發生什麼事情對吧！馬上到一樓大廳來！」

雖然艾米爾才剛出院，但四周的局員倉皇竄逃，除了他以外，她也一時找不到其他人幫忙。

她大概猜到白火想怎麼做了，白火說得沒錯，樓中樓的地上鋪滿著紅地毯，如果運用得好，應該可以就此解決掉那隻影獸。

「芙蕾小姐！」艾米爾這時從沒被撞壞的電梯口衝了出來，他在聽到廣播的第一時間就坐著電梯前往一樓，這時正好到達大廳。

艾米爾也知道沒有閒暇詢問原因，他和芙蕾彼此點點頭，衝向被影獸撞壞的小走廊入口，拐過彎踩上階梯，直達展覽室的樓中樓。

★※★◎★※★

另一方面，暮雨翻身一躍，飛騰在空中時拉開遮住右手腕的袖口，手腕內側的格帝亞烙印泛出白光，光芒交織成薄薄光網，逐漸成形。

當他落地踩上樓中樓的護欄時，手上已經握著召喚出來的烙印武器。

出現在他手中的，是一把散發出冷光與寒氣、足足有一人高的巨大鐮刀。刀柄呈現黑色，上頭嵌著閃爍銀光的雙刃鐮刀，柄身纏繞著黑青色鎖鍊，尾端鑲著精粹寶石。

看來笨重的巨鐮在他手中似乎輕如羽毛，他翻身跳躍，俐落的跳到即將逃亡的陸昂面前，將鐮刀抵上他的咽喉。

原本要破壞窗戶玻璃的陸昂感覺脖子傳來一陣陰冷與殺氣，先是呆愣了下，轉頭看見一臉冷澈的暮雨時便會意般的嗤笑出聲，識相的退了幾步。

「這不是鼎鼎大名的科長大人嗎？」他瞧著暮雨手上的鐮刀，又端詳了一眼對方左手臂上的傷勢，「明明被諾瓦爾傷了一刀，居然還能若無其事的追上來，你這毅力真讓我佩服。」

「你就是做出人造黑洞的混蛋吧，我有事情要問你。」

「你的夥伴們正在被影獸追著跑呢，不救他們嗎？」

「反正死不了。」暮雨沒有半分動搖，一臉完全不想管局裡的死活，純粹是因為私人問題才追上來的模樣。

他眼神一瞇，鐮刀外圍的利刃削過陸昂咽喉。陸昂早就猜到暮雨可不是好溝通的善類，在對方揮刀的同一時間身子往後仰，只不過這一躲也沒讓他占到多大便宜，脖子被劃了一刀血痕。立足之地本來就小得可憐，這一後仰更是讓陸昂失足，只好翻了個跟斗跳下一樓大廳。

暮雨一點躊躇也沒有，回身一轉，也跳下去追擊。

「是你們把那傢伙帶來這裡的吧？回答我。」絲毫不給對方喘息的機會，雙腳還沒踩地，暮雨直接在半空中揮刀，「正因為知道她是純種，才把她推到時空裂縫裡？」

這擊又被陸昂靈巧的閃了過去，差點割斷他美麗烏黑的髮辮。

「比起ＡＥＦ，你更想知道那姑娘的事？」

「我對這種無聊的反叛組織沒興趣。回答我的問題。」

他斜睨了一眼不遠處的影獸，這時芙蕾正好抱住白火，往兩旁一躺，躲過影獸的攻擊。物品和牆壁被撞個粉身碎骨，公共大廳的現況根本是滿目瘡痍。

看見白火沒事，暮雨竟然下意識鬆了幾分神經。

儘快解決這個辮子男，他還得去把那影獸也處理掉。暮雨祖母綠色的眼瞳閃過一陣寒氣，他忍住傷口傳來的陣痛，側身使力，鐮刀利刃劃出一道銀色軌跡。

下一秒，銀刃立刻出現在陸昂的頭顱旁，陸昂半個身子被圈進鐮刀的刀刃內，只要一個動作就會被割開腦袋。

暮雨皺起眉，雖說是逮住這個辮子男了，但動作太大，好不容易快要癒合的傷口卻因此裂了開來，他幾乎可以感覺到鮮血湧出傷口，染紅了一大片繃帶。

「關於白火姑娘的事你問我也沒用呀，她會被帶來這裡全是諾瓦爾的主意。不然我替你探探口風，下次見面再告訴你如何？」

「少開玩笑，你可不會有下次。」暮雨轉動手腕，鐮刀刀刃迅速襲上陸昂的側腦。

然而，劈上陸昂的那剎那，眼前的陸昂竟然被猛地出現的無數撲克牌遮蔽！

暮雨吸了一口氣，只見大量的撲克牌從天而降，紅心、黑桃、方塊與梅花，不斷轉著正反兩面的撲克牌飄散到他眼前，紅黑兩色的花海瞬間占據了整個視野。

原本會正面挨上攻擊的陸昂竟然消失在眼前！

暮雨一把揮下鐮刀，將眼前的卡牌斬成兩半。而被他一刀兩斷的，正巧是撲克牌中的鬼牌小丑，彷彿嘲笑著他的失敗。

同時，藏身在撲克牌之中的陸昂逃過一劫，如一陣風般猛然出現在數步遠的地方，驚嘆道：「嗚啊——真是驚險啊！」千鈞一髮的他摸摸差點身首分離的頸子。

暮雨認得這個招數，畢竟他先前才被用這伎倆的傢伙砍了一刀，傷勢還深得見骨。

「真是個適合活動的美麗早晨。英雄及時駕到，怎麼樣啊？」

不知何時，二樓的窗戶早已被人破壞，一位穿著成套高貴西裝的青年悠然站在樓中樓的鐵欄杆上，頗有禮貌的拉高禮帽帽簷，煞有介事的向眾人行了個禮。

紅色捲髮隨意紮在腦後，他有著如貓一般的亮麗琥珀色眼瞳，以及清麗而帶點邪魅的五官。

「諾瓦爾，你可終於來了！也太慢了吧？」閃過鐮刀的陸昂抬頭一看，可真是關鍵時刻，要是那撲克牌再晚一秒出現，他的腦袋就要和身體分家了。

「是你自己當初說不需要幫忙的吧？我可是不計前嫌的來了，你就別抱怨啦。」諾瓦爾站在二樓，絲毫沒有跳下去一起蹚渾水的意思，他用手指指著已經被撬出個大洞的窗口，「好了，陸昂小朋友，玩夠了就回去吧？」

暮雨揚起視線一望，原本冷峻不已的眼神更是摻了股怒氣，「你是……諾瓦爾。」

「算了吧，今天就到此為止，你還想再挨一刀嗎？」諾瓦爾居高臨下，用手上的短杖指了指暮雨已經被鮮血浸染一片的左手臂，「比起這個，還是去關心一下白火比較好喔？她可是為了大家，捨身當誘餌跑進走廊裡了呢。」

「……！」

先前注意力全放在陸昂身上，暮雨完全沒察覺到白火和影獸早就消失在大廳裡。他迅速往遠方一看，通往展覽室的走廊被撞了一個大洞，影獸應該是往那裡去了。

「那就這樣，期待下次相見吧……對了，我說暮雨啊——」極有自信暮雨不會追上來，諾瓦爾大膽的背對著他，然後像是想到什麼似的回過頭來，「你一定覺得好像在哪看過白火吧？其實不只是白火，我們三個——都曾經見過面喔。」

他露出捉摸不透的輕笑，接著和及時趕上的陸昂一起跳出窗外，消失在時空管理局外頭。

暮雨嘖了一聲，絲毫沒搭理諾瓦爾的言外之意。

已經讓那兩個恐怖分子跑了，手臂上的傷口也裂了個大洞，他深吸一口氣，直接衝向被影獸撞歪的走廊。

★※★◎★※★

汗水順著額角落了下來，白火眨了眨被汗珠刺疼的雙眼，繼續往前奔跑。

後方傳來物品被踐踏踩碎、兩邊牆壁被劃開的聲響，還有影獸隨著衝刺而從喉嚨發出的呼嚕低吼。畢竟是人類與巨大猛獸的追逐，也才經過一段走廊的路程，兩者間的距離一下子縮短，只要影獸朝前方一撲，隨時可以扯下她的皮肉。

視野遼闊開來，看來已經到達展覽室內部。

裡頭擺放著時空管理局的展示資料及象徵裝飾品，提供給一般民眾參觀。頭頂上的樓中樓也羅列著層層書櫃，公元三千年還有著實體書實在是件稀奇事。會出現在展覽室的物品，多半是紀念價值大於實用價值。

看來展覽室就是半個蚊子館，內部沒有尚未疏散逃離的民眾或其他局員，白火吐出口呼息。

天花板上的吊燈照射出白色燈光，更顯露出影獸黑如濃墨的混沌身軀。到達定點的白火停下腳步，轉身正視身後的影獸，犬型的巨大野獸也壓低身子，咆哮一聲。而後像彈簧般一跳，影獸撲向距離牠僅有數公尺的白火！

白火在前一秒察覺到影獸的動作，往左邊一閃，只抓到空氣的影獸栽向展覽室中央的電腦儀器中，瞬間擦出電器走火的火花與爆炸聲。

被影獸撞上的區域登時燒個焦黑，噴湧而出的黑煙嗆得白火逼出眼淚，爆炸引起的強風吹亂她的長髮。她連咳出髒空氣都來不及，影獸又轉頭回身正對著她，壓低身軀蓄勢待發。

這下子根本是重現前陣子在羅馬競技場被獅子追的場景。三番兩頭被猛獸追著跑，白火還是沒能體會到暮雨所說的「親切感」，倒不如說現在這情況比模擬實境還要逼真一百萬倍。

她甚至在想，說不定那個武裝科科長就是料到有一天她會被影獸追著跑，才不斷把她丟到訓練場裡和各類猛獸追趕跑跳碰。

「還真有遠見啊……」若真的是這樣，她之後可得好好感謝科長的用心良苦。

白火大口大口喘著氣，體力負荷幾乎到達極限，她昂起頭一看，芙蕾還沒出現。逃來展覽室這種死胡同只能等死，她這是在拖延時間，只要撐到芙蕾趕來就行了。是芙蕾的話，應該能猜出她在打什麼主意。

「白火！」

謝天謝地，這時芙蕾和艾米爾從樓上的走廊跑了過來，出現在她頭頂上的樓中樓。

「芙蕾！艾米爾也來了？」

芙蕾和艾米爾分頭跑到樓中樓兩旁。樓中樓呈現ㄇ字型，總共三條直線道路，艾米爾和芙蕾就位於中間走道的兩端。

他們朝彼此點點頭，彎下腰搬起鋪滿整條走道的寬長地毯，往護欄那裡抬過去。又寬又長的地毯有一定重量，他們花了一段時間才把地毯放上護欄。

白火抬頭一看，看來他們三人想的方法一致。她也沒有在原地閒著，跑向距離最近的書櫃抽了一本書，聚滿銀焰後朝影獸一扔，再度吸引住影獸的注意力。

把影獸吸引到樓中樓的護欄下方，這就是她的目的。

同一時間，樓上的艾米爾和芙蕾已經將長地毯靠在護欄上，隨時都能扔下去。艾米爾朝樓下大喊：「白火小姐，準備好了嗎！」

「可以了！」

艾米爾和芙蕾相互點點頭，舉高手，一鼓作氣把攤平的長地毯往下扔。同一時間，白火開始助跑。

從天而降的地毯宛如綻開的花瓣包裹住影獸的身軀，抓緊這個時機，白火蹬過作為支點的書櫃夾層，繼續跳躍而上，呈現拋物線撲了過去，勉強捉住了覆蓋住影獸身軀的紅色地毯一角。

「拜託了！」燒起來吧！

她攀住地毯的手纏滿火焰，一剎那，以白火抓住的地毯一角為首，長方形的紅色地毯竄上一簇白色火焰，彷彿一縷銀白色的絹布。

驚人火勢升起，有些怔忡的白火急忙鬆開手，發出一聲慘叫跳回地上，著地點稍微和影獸拉開了距離，但降落姿勢零分——她屁股著地，甚至用跌倒來形容也不為過。她連喊疼的閒暇也沒有，趕緊站起來，以狼狽笨拙的姿勢繼續往後退，一面目睹眼前被熊熊烈火侵蝕的黑色野獸。

雪白烈焰的牢籠剎那間將整頭巨大的猛獸包覆起來，夾帶蒸騰熱氣，首先貼上影獸弓起的背脊，接著兩邊地毯分別貼上影獸的頭部和尾端，彎曲變形。

地毯上的雪色火焰找到新的焚燒點，火勢以驚人的速度攀爬而上，影獸原本漆黑如夜的身軀須臾間像是綴滿著燈火，發出刺眼的光芒，並冒出濛濛蒸氣，同時還伴隨焚燒著不明物質的臭味。

「結、結束了嗎？」

樓上的艾米爾看著幾乎被火勢吞盡的影獸不斷掙扎，劇烈扭動身子的牠甚至把身上的火全部牽連到房間內的展覽品上。現場一片凌亂，烈焰紛飛，彷彿白雪飛舞。

白火站在原地不動，眼前的影獸看來就是個銀色火團，苦楚的轉著身子。

「還沒……還沒結束！」發覺當中的不對勁，芙蕾馬上大吼：「白火，快退開！」

影獸吼出垂死掙扎的嘶叫，用盡最後一絲力量，張牙舞爪衝向愣在原地的白火。

看著連骨頭都可以燒毀不剩的白色火團朝自己衝過來，白火剎那間連呼吸也忘了，她眼睜睜瞪著眩目的火光逼近自己，接著——

一道黑影如疾風般從天而降！

弦月般的銀色鐮刃閃過她眼前，趕在影獸撲上來的前一刻，將被火團侵蝕的影獸身軀斬成兩半。

鐮刀割向影獸的脊椎，繼續朝下深入，最終穿透影獸的身體撞上地面，把地板一併砍出了個凹洞。

影獸看起來應該是沒有骨頭的，白火卻聽見了彷彿骨骼斷裂的清脆聲音。

影獸發出震耳欲聾的怒吼咆哮。

眼前的銀白色火球猝然被斬成兩半，猶如被剖開的果實般往兩邊倒去，火勢繼續蔓延，直到影獸被分割的兩塊肉軀都被燃燒殆盡後，雪色火焰才漸漸消退。

白火抽了一口氣，停止使用烙印力量，當瞳孔恢復成黑色時，幾乎要吞噬整間展覽室的銀色雪焰也和她的烙印之力一併消失，現場只留下被燒成灰燼的影獸殘骸。

是暮雨。

暮雨出現在她面前，一揮手，鐮刀被手腕烙印的光芒牽引，也化為一道白光消失在眼前。

「暮雨先生？」一絲毫沒料到跑去追捕陸昂的暮雨還會折回來，白火喜憂參半，高興的是逃過一劫，憂的是既然暮雨會跑回來，應該就是讓那個辮子男溜了。

暮雨才剛轉身，一道血光便晃過白火眼前，她順著那抹紅看過去，定睛在暮雨的左臂上。

「暮雨先生，您的手——」

「沒事。」暮雨看也不看她一眼，甩著被染紅的整隻左手臂，若無其事的離開展覽室，態度冷淡得像是從頭到尾什麼事情都沒發生一樣。

然而有那麼一瞬間，白火好像聽見暮雨鬆了口氣的聲音，那呼息聲微乎其微，讓她一時間幾乎以為是自己的錯覺。

「你們兩位沒事吧？」這時，樓上的艾米爾跑了下來，跑向白火的他正好與暮雨擦身而過，「暮雨科長……好嚴重的傷！」他第一眼就被暮雨紅透的手臂吸引住。

「……」暮雨裝作沒看見，繼續向前走。

「科長，您要去哪裡？手都傷成那樣了，請快點去治療！」

「……囉嗦！」

芙蕾也走了下來，反正暮雨等等絕對會被艾米爾送去醫療科，她只是瞥了那兩人一眼就不管了，直接走到白火身旁。

「妳太亂來了，白火。」

她的口氣帶著指責，說來也是，明明是個才剛來到管理局的時空迷子，居然在那種情況下自願當誘餌衝到展覽室來，要不是芙蕾猜到她的作戰計畫，白火現在可能已經成為了影獸的飼料。

白火慚愧的低下頭來，她也知道事情嚴重了，「……很抱歉。」

「不過，做得好，我對妳刮目相看囉。」芙蕾拍拍她的肩膀，「雖說災難過去了，善後也是一大工程。走吧。」

白火看著芙蕾逐漸遠去的身影，原本想追上去的，卻在離開前瀏覽了展覽室一次。

一樓空間幾乎全毀，不但有著影獸斷成兩半的屍體和燒毀痕跡，中間的電腦儀器和展示櫃化成一團黑炭，整面牆因為火勢蔓延也被燒得慘絕人寰。

她揚高下巴往上看，二樓似乎平安無事，除了少了一條長地毯。還有，剛剛被影獸那樣一撞，天花板上的水晶吊燈似乎快斷了。

展覽室會變得這麼壯烈，似乎有一半是她的責任。

安赫爾回來時要是看見自家管理局變成這副慘狀，絕對會發飆吧。

★※★◎★※★

跟隨著諾瓦爾，陸昂輕鬆無比的跳上管理局外的造景林中，飛越過一棵棵樹木。他瞥了眼地上的人群，恐怖分子入侵的消息已經傳遍了管理局，現在地上全是在追緝他們的警備人員。

他和諾瓦爾逃到數百公尺外的安全範圍才停下腳步，站在一棟大樓的屋頂上。陸昂這時才有閒暇抹掉頸子上的血痕，他一碰才發現血珠早就乾了，擦都擦不掉。

身為救星的諾瓦爾眺望著遠方，這個距離應該不會被追上了，他「呼──」的鬆了口氣。

「真是的，諾瓦爾，當初沒事把那純種姑娘帶來這裡做什麼？」陸昂故意發出長長的嘆息，「託你的福，我差點就要被伊格斯特的魔鬼剖成兩半了呢。」

「那是你自己愛玩闖進去的吧？沒被截成兩半就該偷笑了啦。」諾瓦爾絲毫沒有反省之意，還頗有微詞的反嗆回去。

其實今天會闖入管理局裡大鬧一番只是臨時起意，陸昂覺得跑去支援發電塔的管理局應該會很空虛，就算單槍匹馬混進去應該也能活著回來，誰知道偏偏被芙蕾識破。

那個暮雨也是，明明負傷還窮追不捨，要不是逃得快，他的項上人頭真的會就此落在大廳裡成為展示品之一。

「諾瓦爾，最初一開始就是你把識別證扔在那裡的吧？」他們根本沒有打算把太陽能發電塔恐怖攻擊的消息告訴管理局，陸昂猜想絕對是諾瓦爾這傢伙動的手腳。

「呵，我也不知道當時是有心還是無意。」諾瓦爾丟了個似曾相識的回答，呵呵笑了幾聲。

「少胡扯了，你是故意的吧？」

「真是過分，我又不是活得不耐煩了自己去挨子彈。」

「要是你沒擅自行動，這次的恐怖攻擊絕對能把發電塔炸一個大洞。你就這麼愛管閒事？」

「發電塔被炸爛我們也會很困擾嘛，能源枯竭什麼的太恐怖了，那種蠢事經歷一次就夠多了。」

「少說得一副你是過來人的樣子。還有之前那次，你隨隨便便跑去攻擊那個科長做什麼？要不是他負傷折了回去，現在早就被ＡＥＦ拿下來啦！」

「我就是怕你們連暮雨的衣角也抓不著，才洞燭機先嘛。事實證明我是對的吧？」

「……看在你之前差點砍斷暮雨的手臂，這次就饒你一命。」陸昂也懶得和對方爭了，他微瞇起鳳眸，露出不懷好意的笑容，「不過下次敢再礙事，我就宰了你喲！」

「哈哈哈哈！陸昂小朋友，你總是這麼幽默。」完全不怕死的諾瓦爾笑著回敬他那讓人悚然的眼神。

關於發電塔的恐怖攻擊，其實並非ＡＥＦ所為，而是其他激進派反政府恐怖分子的主意。ＡＥＦ早就掌握到這個情報，但他們畢竟也算是反抗組織之一，並沒有義務把這消息通知政府。

發電塔畢竟是人造星球的支柱，被炸爛的話必定後患無窮，他們也懶得親自把那些炸彈客揪出來，乾脆考驗政府的隨機應變。政府守住發電塔是理所當然，若沒守住害發電塔少了一角、凹一個洞就是活該，AEF決定當個旁觀者作壁上觀。

殊不知前陣子組織裡的諾瓦爾居然擅自行動，把來自過去的小鬼帶到公元三千年來、搶在任務開始前率先攻擊管理局武裝科科長、又搞了個夜襲妙齡少女的大麻煩。這樣就算了，他還故意把識別證扔在人家窗口。

陸昂完全不懂諾瓦爾的腦袋裡究竟有什麼盤算，要不是那是他的搭擋，他想必會按捺不住性子把對方大卸八塊。

至於為什麼到了這種地步他還沒把諾瓦爾解決掉？純粹是因為他覺得有趣——陸昂生性就是這種惡劣性格。若說這個紅髮貓眼闖出的禍能帶給他一點樂子，他可以視若無睹諾瓦爾的怪異行徑。

「這次的發電塔恐怖攻擊應該會失敗吧，武裝科的炮火向來猛烈。」諾瓦爾說道。

聽他這悠然閒散過頭的口氣，說不定他就是看準管理局會阻止恐怖攻擊，才刻意散播情報。

「是啊，若是沒有某個人的通知，發電塔現在應該亂成一團了。」陸昂語氣帶刺的回答。他聳聳肩，「算了，這樣也不壞。反正世界和平也是種好結局，民警合作也不盡然是壞事。」

雖然身為優良民眾的他們才剛剛跑到相當於警局的管理局裡大亂一番。

「是啊是啊，人類嘛，就是要團結力量大。」深刻體會到做了好事的諾瓦爾，滿意的露出笑容，「吶，陸昂，這就是所謂的日行一善吧？」

身邊的陸昂作勢要拿出軍刀把他劈成重傷，諾瓦爾才趕緊揮揮手，「開玩笑的，開玩笑的啦！」

那時，完全沒有人知曉諾瓦爾的意圖究竟為何。

不過無妨，只要他自己清楚便行了。

將白火帶來此地、促成她與暮雨相見、並洩漏恐怖攻擊的情報，這些都在他的計畫當中。

他可是在改變未來。

06. 給了魔鬼科長一張好人卡

後續處理可以說是一大災難。

從太陽能發電塔凱旋歸來的武裝科科員一踏入公共大廳，就被這像是龍捲風掃過的景象嚇傻了，身為局長的安赫爾更是像石化似的站在大廳中央，眨眨眼，眨眨眼，三度眨眨眼，過了好久好久都沒有動靜。

「我發誓我一定要把那群恐怖分子抓去填海造陸！」得知事發狀況後，他大發雷霆的吼道。

一樓大廳架起類似施工黃布條的警告標語，所有成員立即開始修復工作。

被影獸尾巴掃爛的一樓櫃檯只能暫時關閉；其中電梯被撞壞導致各層局員的疏通成了問題，安赫爾只好提出「多走樓梯多健康」之類的鬼標語，暫時消弭局員的不滿。尤其是位於六樓調停科的科員們表示相當無奈。

那條通往展覽室的走廊通道呈現山崩狀態，裡面的展覽室就別提了，早已經被燒得焦黑，當時要不是白火收起了烙印力量，原本用來讓民眾參觀的展覽室可能會立刻化為火海。

而被白火燒到熟透、又被暮雨砍成兩半的影獸屍塊，則被送到鑑識科進行研究。

時空裂縫連結的異邦世界根本不計其數，誰也不知道這頭猛獸來自哪裡，只能先查出影獸這類猛獸的習性與弱點，以備不時之需——就怕陸昂那個辮子男哪天又心血來潮到時空管理局大亂一次。

「為什麼我要做這種事，我又不是法醫！」

分配到鑑識影獸屍體工作的芙蕾，不滿全寫在臉上。沒抓到陸昂反而挨了對方一腳，事後又得來研究這黑不隆咚的鬼東西，然而修復一樓大廳的工作顯然也不輕鬆，她只好摸摸鼻子自認倒楣，和其他鑑識科科員乖乖開始埋首研究。

展覽室一樓幾乎全毀，所幸都是些用來供民眾觀賞的複製品。由於影獸之前的攻擊衝擊太大，天花板上搖搖欲墜的水晶吊燈在最後還是掉了下來，差點砸到正在整理展覽室的艾米爾。

才剛康復沒多久又差點要被送進病房的艾米爾嚇個半死，反彈的吊燈碎片還黏在他的頭髮上。

這時路過的安赫爾拍拍他的肩膀，語重心長說了句：「孩子，你還是去改運吧。」

暮雨在處理掉影獸之後馬上被其他局員逮個正著，強行拖到醫療科進行治療。原本被諾瓦爾砍傷的手臂還沒完全痊癒，他又不怕死的去追著陸昂跑，好幾次揮舞鐮刀的大動作讓傷口又裂了開來。

當他一臉鐵青的被送到醫療科時，原本包紮住傷口的白色繃帶整個變成紅色，當場被醫療科的科員大罵了一頓。

「暮雨科長，你是不要命了嗎！」

「囉嗦，反正斷了再接回去就好了。」

魔鬼科長完全不想管自己的身體狀況，白火甚至懷疑，如果沒有被醫療科逮到，他可能會直接頂著那隻快斷掉的手臂回房間睡大頭覺。

白火不懂現在醫療的專業術語，不過如果換成她能理解的說法，暮雨的手應該是縫了幾十針。

被強制送進病房的他與其說是療傷，不如說是關禁閉還比較貼切。

白火主動成為誘餌、並領頭擊倒影獸的英勇行為得到局員們鼓掌歡呼，原本只是默默無名一介迷子的她，登時躍升成管理局的救星。

這不盡然是好事，本來就想把她納入局內的安赫爾更是乘勝追擊，甚至想把她加到武裝科裡進行專業訓練——可想而知，當然是被艾米爾阻止了。

至於太陽能發電塔方面，安赫爾原本以為當初的情報只是ＡＥＦ的惡作劇，沒想到真的發生了恐怖攻擊，所幸趕在攻擊發動前逮住可疑人物；再者，發電塔本身為了防止遭受攻擊而利用特殊材質建成，並不是一般炸彈就能轟掉的建築。這次的恐怖攻擊的目標果然不是發電塔，而是為了使民眾陷入恐慌。

管理局遭受奇襲的消息理所當然成為新聞，攻擊原因不明、恐怖分子身分成謎。身為局長的安赫爾當然把ＡＥＦ組織的相關消息壓下來，管理局內知情ＡＥＦ組織的局員少之又少。

陸昂攻擊管理局的原因可能真的是一時興起，一方面也讓管理局知曉他們擁有開啟人造裂縫的能力。而最近犯案四起的時空竊賊依舊逍遙法外，不排除那些時空竊賊也是ＡＥＦ的一員。

儘管ＡＥＦ的真正意圖不明，管理局也沒抓到時空竊賊，但至少成功阻止了發電塔的恐怖攻擊。白火覺得這樣的結局還不壞，唯一令她覺得美中不足的就是又讓諾瓦爾跑了。再這樣下去，她可能真的一輩子也沒辦法回家。

總而言之，事情暫時告一段落。

暮雨負傷，加上白火已經能自由控制烙印力量，先前連續好幾日的魔鬼訓練也順勢終止。歷經陸昂這個颱風強襲登陸、並順利脫離後，管理局恢復昔日寧靜。

某天，來確認魔鬼科長有沒有乖乖養傷的艾米爾發現病床上又空空如也。

「科長又不見了！」

愛搞失蹤的暮雨又不知去向，先前傷口才剛癒合，現在靜養中又突然人間蒸發，登時搞得醫療科雞飛狗跳。

「傷也好得差不多了，放他亂跑應該死不了吧。」敘述出一個放山雞的概念，給他適度的自由才會長跟大樹一樣高，安赫爾覺得自己的教育哲學非常完美。

「是沒錯……」但是科長不是雞啊……

「我說艾米爾小弟，他跑不遠的啦。」安赫爾拉開病房內的窗簾，陽光透入玻璃打在地板上，地磚的接縫正好把午後日光切割成兩半，「今天天氣好，黃昏想必很美，暮雨老弟應該會在『那裡』吧。」

艾米爾歪歪頭，「那裡？」絲毫聽不懂局長到底在說什麼。

★※★◎★※★

「賣、賣完了……」

白火抬高發痠的脖子，直盯著櫃檯上「今日已售完」的大大字樣，欲哭無淚的垂下肩膀。

聽說街上有很受歡迎的限量布丁，她特地擠到大排長龍的列隊裡跟著買，沒想到排了幾個小時卻連塊空氣也沒吃到，限量美食這種東西看來不管在哪個時代都一樣讓人揪心啊。

陸昂的騷動過後，管理局好不容易恢復平靜，暮雨二度負傷又被丟回病床上，烙印訓練也暫時中止。白火一方面想買點東西慰勞局員們的辛勞，一方面又覺得一直被關在病房裡的科長有點可憐，想帶點東西給他。

至於為什麼會想對暮雨做點補償？

說來也愧疚，前幾天她去探病時，一打開病房就看見正打算開窗潛逃的暮雨竟然被整整矮他一大截的艾米爾扯住肩膀丟回床上的奇景。

體力康復的艾米爾以不傷到暮雨的傷口為優先考量，巧妙的拽住他的肩膀把他壓到床上，一邊說著「失禮了」、一邊真的很失禮的騎坐到暮雨身上，然後拿起相當不得了的東西──繩子，俐落的把科長五花大綁。

於是白火親眼見證了這個令人咋舌的景象：科長變成了手無縛雞之力的蓑衣蟲，橫倒在病床上。

當下暮雨唯一能自由轉動的只有頭，他二話不說就朝站在門口的白火凶狠的瞪過去吼道：「看什麼！」

「對、對不起！」

「……」明明已經道歉，魔鬼科長不知道為什麼更火了，用著一副完全是在看蠢材的眼神繼續怒瞪白火，「看到了還不快燒掉！」

「不准燒！」旁邊的艾米爾也難得怒吼：「要是敢燒掉，今天沒有晚餐吃！」

白火突然想起晚餐菜單是她期待許久的漢堡排，「對、對不起喔。」一把暮雨和食物放在天秤上，她毫不猶豫的選了後者，於是雙手合十的再度向蓑衣蟲科長致歉。

事後，她聽說魔鬼科長不知道用了什麼秘招成功脫逃，是超級縮骨功嗎？如果會那種功夫，當時應該用不著叫她燒繩子吧……是說他到底有多討厭病房啊？

關於見死不救這點，白火多少還是有點愧疚，所以今天才打算去買布丁賠罪。吃了甜食心情一定會變好的，只是沒想到她連這點願望也無法實現。

「唉……」

白火垂頭喪氣離開店家，幾次外出下來她也習慣了人潮湧現的街道，低頭一看就會發現一部分的行人腳下沒有影子，這個時候她就覺得公元三千年真是個美好的世界。

正打算折回去管理局時，她發現不遠處聚集了一小圈人，正好卡在回家的路途上。白火下意識湊過去一看，是一位五歲左右的男孩站在路中央嚎啕大哭，眼淚鼻水全糊在臉頰上，滑到下巴滴了下來。

「嗚、嗚哇哇……嗚啊啊啊！」

哭聲在喧鬧的繁華街道上格外響亮，路上的行人或許是猜想總會有人幫忙的，於是多半繞開男孩繼續往前走。

是迷路了嗎？白火是想走上前幫忙，但是搭話以後也不知道該怎麼辦，只能握緊遞不出去的手帕，待在原地躊躇不前。

說來有些窩囊，她也和其他行人一樣在等待挺身而出的人。

「你哭什麼？」

因此，當她聽見那像是混混的恐嚇口氣時，嚇得冷顫竄上了脊椎，手上的手帕像是抹布一樣被她擰出皺褶來。

身材高瘦的青年從人群裡鑽出來，他穿著一襲低調的深色衣裝，「哭什麼？」青年竟然把男孩像是流浪貓一樣拎起來，湊近臉又問了一次，眼神冷酷的彷彿要是男孩不乖乖回答，他就當場把地板掀掉一樣，場面登時像是討債集團把欠債的父母處理掉以後轉而要逼小孩賣身。

「嗚哇啊啊啊——！」

男孩哭得更大聲了，情緒渲染的緣故，旁觀的白火也想哭了。

因為那個黑衣青年怎麼看都是從病房裡逃出來的魔鬼科長啊！

他該不會是嫌吵，想要把小孩子種進土裡吧！以那個魔鬼科長的思維來想完全可能啊！怎麼辦，要報警嗎？但是那個科長本身就是類似時空警察的東西……

「光哭我哪知道發生什麼事。」暮雨從口袋裡摸出手帕，粗魯的往男孩臉上一抹，然後緩緩彎下身子，「上來，坐好。」抓起男孩的胳臂往上抬，放到自己肩膀上。

稍微調整一下位置，就形成男孩坐在他肩膀上的局面。視野一下子變高，男孩環住暮雨的脖子，吸吸鼻涕，一時也忘記哭了。

「看見了沒？」暮雨低聲一問，看著男孩梭巡四周後指了個方向，隨著那方向走了過去。

圍觀人潮散了，白火匆忙跟了上去。

果然幾分鐘後，科長又像是抓流浪貓一樣把男孩拎起來還給走散的雙親，低頭對男孩的父母點頭一下就走人了。

或許是本能的被吸引，望著科長的背影，白火沒多想的繼續尾隨。

小插曲尚未結束，這人途中還幫路上的老婆婆提重物、一腳踹飛路上叫囂的混混，順便一手撈過正在飛車搶劫的搶匪腰間，來了個滿分的過肩摔。制伏完搶匪後，他還慢條斯理的扶好那輛翻倒的浮空機車並熄了火，再把鑰匙丟回對方的置物籃裡。

這早就超越嘆為觀止，根本是核爆等級的震驚，一路旁觀下來的白火儼然以為自己在做夢。

——這人雖然一副生人勿近的樣子，性格也充滿缺陷，但其實人還不壞啊……

科長在她心中從惡魔上司一舉晉升成純良好青年，她完全忘了對方現在是負傷中逃出病房的身分。

就像是受到某股引力牽引，直到白火回過神來時，她已經無法自拔的在人海中追尋著暮雨的背影。

不知暮雨的目的地為何，只見他毫不停歇的向前走。

離開市街道，穿越郊區，走進某座白火從沒見過的小樹林。樹林內呈現平緩的上坡路，她撥開枝葉繼續向前，幸好現在是冬意尚未褪去的初春，要是穿著短袖的話絕對會被茂密枝林割得滿身傷。

當她開始埋怨自己為什麼要當跟蹤狂、走得滿身汗並彎下腰來喘氣時，正好穿越了樹林，來到某個寬廣無人的山丘上。

白火昂首一看，午後晴天早已變為橙色的暮靄，白雲和天空燒得火紅，腳下的草地宛如被潑上水彩的畫布，暈染成一大片的橘色。或許是視覺上一片火紅的緣故，山丘瀰漫的青草氣息混雜了點暖意。

她吸滿溫潤的空氣後，吐了出來，才發現追蹤良久的背影早就消失了，取而代之是科長本人站在她面前，雙手交抱，不甚滿意的俯視著她。

「跟到這裡來，還真是不死心。」

白火順了順呼吸，「……被您發現了。」她多少也感覺到暮雨在途中刻意放慢了腳步，看來早就察覺到她在身後了。

暮雨冷哼了聲，本來繞了一堆遠路想把這迷子甩掉，結果對方還是像年糕一樣纏上來，他反而開始佩服起對方的行動力，沒辦法只好繼續讓她跟了。

夕陽西墜，將薄雲和細草枝葉拉出寬長的倒影，微冷的晚風一旦吹起，草葉和雲影就會隨之呈現光影交織的奇景，消失在遠方嶙峋高峻的山影之中。白火和暮雨就站在火紅的山丘上，兩人的腳下沒有一丁點陰影，景色登時像是將他們兩人獨立切割出來一樣，奇妙得像幅油畫。

綴滿著燈火的天空中，若隱若現的星辰點點漫布。

——人造星球的天空也有星星啊。

白火昂起下顎一看，頓時覺得暮雨來到這山丘上的目的為何也不是那麼重要了。她身旁的青年垂下祖母綠的清秀眼眸，閉口不語，多半也和她想著相同的事，來到這杳無人煙的山丘上，本來就不需要什麼理由。

如此祥和、如此安睡而寧靜，望著緩慢落下的夕陽，白火首次感受到長期累積下來的緊繃與紛亂一點一滴的沉澱到心靈底部。她悄悄抬頭望了一眼身旁的暮雨，對方也和她一樣，髮色和瞳色全映上了夕陽餘暉。

這種氣氛下，她沒來由的開啟了話匣子：「其實我覺得……」

「怎樣？」

「您是個好人。」

「……」

白火綜合了一下至今為止目睹的奇景，撇除掉初次見面就賞人巴掌、把人拖去餵獅子、手都快斷了還勇往直前的把恐怖分子打跑之外，「您真的是個好人。」科長人真的還不錯，她重複了第二次。

暮雨冷靜的看著她，內心或許在盤算到底要怎樣把這純種迷子埋掉才能順利的掩人耳目。

「所以……暮雨先生，我們和平共處吧。」盯久了黃昏，有些眩目，她黑色的眼瞳瞇成一條細線，「我會被諾瓦爾帶來這裡，而您也被他攻擊，這當中一定有什麼關聯才對，我們一起調查吧。」

魔鬼科長沉思了片刻，難得坦率的頷首：「嗯。」

「為了不扯您的後腿，我會加油的。」

「嗯。」

「下次您又被艾米爾五花大綁時，我也會救您出來，我不會再被食物迷惑了。」

「嗯。」這人在詛咒他再次被送進醫院嗎？科長忍不住這麼想。

「所以，有個問題我一直想問您，雖然有點怪……」

白火對上他的祖母綠眼瞳，頓時像是被針扎住，差點忘詞，她頻頻深呼吸、吐氣，鼓起勇氣一問——

「我們是不是……曾經在哪見過面？」

原本氣氛還挺不錯的，聽見這疑問的暮雨當下就是皺起眉，用百思不解的嫌棄眼神看著她。

「妳是說我曾經穿越到將近一千年前去找妳？妳腦袋燒壞了嗎？」

「……說、說的也是，是我多心了，對不起。」

果然是錯覺啊……白火苦惱的抓抓頭。她第一次見到暮雨時就有種似曾相識的熟悉感，不只是暮雨，連見到諾瓦爾時也有這種感覺。終究只是自己太敏感了嗎？

心中像是壓了塊大石，想破頭也無法解開這股糾結。白火心想，這座山丘對科長而言多半是類似秘密基地的地方吧，叨擾太久也不好，「那我不打擾您，先回去了。」於是稍稍敬禮，打算轉身離去。

「慢著。」

她才正要轉身，後方就傳來暮雨的聲音。

「要是感覺自己忘了某些事情，就過來這裡吧。」

暮雨沒來由的丟出這句話，祖母綠寶石般的瞳孔像是兩口寄宿著靈魂的活泉。初春的冷風再度吹拂，些許青草宛如棉絮般扶搖飛舞，飛騰過兩人的視野之間。

「每當看著這景色，我就會覺得總有一天，一定會想起來的。」

他的聲音宛如細細雨點似的，引起漣漪，久久不絕於耳畔。

「所以要是妳遺忘了什麼，就過來這裡吧。」

「為什麼要和我說這些？」

「不知道。」暮雨說道，隨即又搖搖頭，「……不。」

隻身一人，喪失歸屬，被時空所捨棄的孩子啊……他在心中如此低喃。

「可能是因為妳手中的火焰……很耀眼吧。」

這番話語真誠到白火以為自己聽錯了，她睜大著雙眼，「什麼？」

「絕對會抓到那個傢伙，然後把妳送回去的。」暮雨沒有理會她，自顧自的身子一轉，走下了山丘，「還不走？」知道她還愣在原地，他不耐煩的回頭一瞪，好似方才的溫柔都只是夢境。

白火看著他的背影，沒來由的覺得——明明是太陽燃燒火紅的黃昏，卻像是在下雨一樣。

而暮雨就站在那晚霞與濛濛霧雨交織的奇妙景色中，逐漸離她遠去。

★※★◎★※★

管理局提供給時空迷子的待遇本來就不差，白火原本想和局裡的人拿紙筆的，才發現自己房間的桌子抽屜裡就有鋼筆和紙。於是她把純白信紙攤在整潔乾淨的桌上，坐下來開始埋頭寫信。

信是寫給養父母的，雖然能寄到他們手裡的機率趨近於零，白火還是想寫一封信報平安。但才剛寫幾個字她就停下筆了。

該寫些什麼才好呢？總不能寫她被怪人推到公元三千年的世界，然後發現自己是稀有物種的事吧？

如果簡潔的寫「請不要來找我」，養父母一定會以為她是離家出走。

如果老實的寫出她此時在將近一千年後的未來世界，下場絕對比離家出走更慘，養父母絕對會認為她是精神分裂或是科幻片看太多。

「謝謝你們的養育之恩」就算了，看起來根本是遺書。

不過，就算寫了，應該也沒辦法送到他們手裡，還是別顧慮那麼多吧！白火繼續照著自己的心情下筆。

她簡單交代了自己平安無事、請他們用不著擔心、近日之內可能沒辦法回家、謝謝和對不起等，整封信寫完後她自己看了一次——這下慘了，根本是離家出走和遺書和精神分裂的綜合版本。

「……算了，反正也不會寄出去。」她折起信紙，抽起另一張白紙摺成信封，把信紙塞了進去。

正當她想把信放回抽屜裡時，「咚咚！」窗口的玻璃傳來拍打聲。

經過上次諾瓦爾的來襲後，她已經習慣鎖上窗了。聽見敲窗聲，她先是嚇了一跳，反射性看過去。莫非公元三千年的幽靈還懂得敲窗問候？

夜晚時分，一片黑的玻璃外彷彿又出現了一道影子，窗外的影子見她沒反應，又輕輕的叩了下玻璃。

面對這種場面，已經免疫的白火抽了抽眼角，她立刻喚出烙印火焰，然後走向窗前打開窗戶，打算一開窗就把闖進來的可疑分子燒到墜樓。

「晚安，又是個美麗的夜晚呢。」

不出她所料，她才一打開窗戶，諾瓦爾就笑嘻嘻的對她「嗨」了一聲。

「……」白火面無表情，看了一眼自己有著銀色火焰的左手，二話不說把手貼向諾瓦爾距離自己只有數公分的臉。

一被碰到就會出現類似人體自焚的恐怖命案，靈巧如貓的諾瓦爾當然是閃了開來。

「慢著慢著！用不著每次都那麼衝動，這不是淑女該有的行為吧？」深怕白火又來第二擊的諾瓦爾連忙打了和局牌，「現在的我不是ＡＥＦ成員，只是個正巧路過管理局的第二星都優良公民，妳忍心對手無寸鐵的老百姓動粗嗎？」

「你這死老百姓又來做什麼？」

「當然是來見妳的，白火。」

「見完了就快點滾出去……不對。」

白火搖搖頭，既然這傢伙都自己送上門來了，豈能讓他平安無事的離開？她一把揪住諾瓦爾的衣領——當然是用沒有烙印火焰的右手，問道：「給我解釋清楚，為什麼要把我帶來這裡？」

「吶，妳現在還是想回去嗎？」諾瓦爾就算是被揪住衣領，還是不改微笑。他莫名其妙丟了個問句。

「我說想的話，你就會送我回去嗎？」

「當然不會。」

白火覺得自己錯了，果然還是要當場把這傢伙燒得連骨頭都不剩才行。

「但是妳自己也不想就這樣回去吧？」

「這點用不著你管。」

「放心吧，時間一到我自然會送妳回家的……不過，這還有點久就是了，要好好忍耐喲。」

諾瓦爾的態度固然讓人火大，但他說的話確實正中白火下懷——還沒弄清楚自己的身世之前，她不想就這樣空手回去。

白火嘆了口氣，粗魯的鬆開諾瓦爾的領子。

她先是走到門口鎖上房門，以免像上次一樣又有人闖進來對諾瓦爾開槍——雖然這傢伙被打成蜂窩也和她無關——接著走到床鋪旁的矮櫃，解開櫃子最下層的密碼鎖，從中拿出諾瓦爾之前交給她的項鍊墜飾。

原本是想用這個威脅他的，不過既然他把這條項鍊看得那麼重要，還是算了吧。

「拿去。」白火像之前諾瓦爾把墜鍊拋過來那樣，重新扔回他手裡。

「白火？」

「既然是重要的東西，就別隨隨便便交給其他人。」

諾瓦爾接過項鍊，愕然的盯著手中的相片墜飾，他又瞧瞧白火帶著警戒的面容，不禁噗嗤笑出聲來。

「……果然和以前一樣。」

「什麼？」

「沒有，只是自言自語而已。」諾瓦爾小心翼翼將墜鍊收了起來，他原本以為這東西會一直留在白火那裡，不過這樣也不賴。

「……諾瓦爾。」這時，白火突然叫住他。

「嗯？」

「……不，沒事。」

你、暮雨、還有我，我們是不是──白火閉上嘴，把差點脫口而出的話嚥了回去。

諾瓦爾疑惑的歪歪頭，看來也問不出什麼來，他低下頭望了一下地面，而後像是想到什麼似的揚起笑容，抬頭一望。

「白火，加入武裝科吧，說不定會有什麼意外收穫喔。」

「咦？」

白火還來不及追問，只聽到一句：「就這樣，期待下次的美好夜晚。」諾瓦爾就拉起禮帽帽簷，從窗口一躍而下。

他的動作太過迅速，白火馬上衝到窗口往下看，諾瓦爾一身黑的裝束早已融入黑夜中，不復存在。

加入武裝科？

聽來似乎不壞，她本來就有打算加入管理局的意願。她是純種烙印者，如果加入武裝科的話，應該也能幫上管理局的忙才對。

但是一想到那位武裝科魔鬼科長，求生本能讓她馬上打了個哆嗦。

「……果然還是再考慮一下吧。」

殊不知——遠方的某魔鬼科長這時正打了個噴嚏，埋怨究竟是哪個傢伙在說自己的壞話。

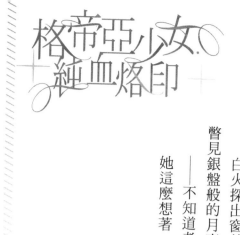

白火探出窗外一看，今天正巧是滿月，白色月光盈滿而下，天空無雲，能夠清楚的瞥見銀盤般的月亮和滿天星點。

——不知道老家那裡如何？

她這麼想著，然後關上窗。

《格帝亞少女～純血烙印01來自過去的時空迷子》完

番外 01. 時空管理局的手銬軼事

這是發生在太陽能發電塔恐怖攻擊之前，某夜的小小插曲。

連日接受管理局的烙印者速成訓練，加上諾瓦爾預告的發電塔恐怖攻擊日逼近，白火的心情宛如風雨掃蕩的波浪般忐忑不安起來。

自從魔鬼訓練以來，身體痠痛發麻的哀號訊號從來沒停過，生理上疲憊不堪，卻因為心靈上的緊繃難以入眠，今日深夜的白火仍舊無法入睡。

「我什麼時候變成這種心靈纖細的生物了……」

她一面碎唸，一面想著坐在桌子前發呆也不是辦法，跳開椅子伸展一下四肢後，索性離開房間，到外頭散散步。

因應時空裂縫生成時間不定，管理局採二十四小時輪班制，因此即使深夜仍有些許亮光。深夜的值班人員不多，白火經過走廊時，有種在深夜裡瞞著校園警衛闖進教室裡偷考卷的緊張感，雖然她根本沒有這種經驗。

——只是在附近走走應該沒什麼問題吧……至少不會被抓去關禁閉。

她下意識往走廊的窗外朝下一看，「咦？」想不到化為暗綠色的花園裡竟然有個人影，正朝管理局的後門出口走去。

月色昏暗，視線不佳，但那抹身影她這陣子看慣到就算閉上眼睛也能清楚描繪出輪

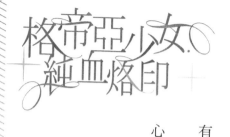

廓——是光靠近就會讓人感到一陣寒氣的魔鬼科長暮雨！

「這種時間他要去哪裡啊？」

先前被恐怖分子砍了一刀，目前被局長勒令禁止外出的暮雨竟然在這種深夜時刻走出去……白火眉頭一皺，好奇心終於戰勝對科長的畏懼，快步走下樓梯跟了上去。

——好可疑，太可疑了，科長的行為明顯有鬼。

完全沒注意到自己在這種時間點遊蕩其實更可疑的白火壓低腳步聲，時不時躲在障礙物後，像是縮頭烏龜似的從牆角探出頭來，保持一定的距離跟在科長後面。

暮雨難得穿著制服以外的私服，加上戶外光線昏暗，眼前的他簡直融入了黑夜裡。

冬末春初的夜風刺骨發涼，每當有風橫越他臉邊，進而飛拂過白火的臉頰時，一股有別於冷風的冰寒氣息就騷動她的肌膚，竄起一陣冷顫。

繞過後門出口，白火順利的離開管理局。鬼鬼祟祟的跟蹤了一段路，感到犯罪恐懼心理的她就在盤算要不要就此打住時，前方的人影忽然身影一閃，拐到了巷子裡。

白火止住呼息，反射性追了上去。

才剛拐進巷子，一股力量襲向她的頸子。

「是打算跟多久？」

她還沒反應過來就感到咽喉被扼住的緊縮——魔鬼科長用著手臂橫壓住她的鎖骨，

把她用力壓制到牆上。昏暗的小巷裡霎時呈現了個一點也不羅曼蒂克的壁咚。

「晚、晚安，暮雨先生。」白火整個背脊都貼在牆上，脖子上的壓迫感很恐怖，但眼前魔鬼科長的眼神更恐怖，她不知道為什麼此刻腦袋裡浮現了這個句子：「真是個美麗的夜晚。」諾瓦爾夜襲時的臺詞竟然會在這種情況下從她嘴裡吐出來？真是夠了。

「跟過來做什麼？」

「我、我好奇您要去哪。」

暮雨見她老實，饒她一命的鬆開手，如果這迷子死到臨頭還說些什麼「我只是出來散步」之類的鬼話，他大概會把這人當棒球直接全壘打送回管理局的窗戶裡。

「安赫爾局長有說您受傷了不能外出……您是要去哪？」

「舊地重遊。」暮雨的視線掃了掃周圍，說道：「這附近是當初我被諾瓦爾砍一刀的地方。」

語畢，他自顧自的走出小巷。

儘管沒獲得允諾，但既然他會乖乖回答問題，表示她跟上去也沒關係吧？都來到這裡了，折回去實在有點可惜。白火連忙小跑步跟在後頭。

又走了幾分鐘，來到某條空巷，周邊幾乎沒有住宅與人聲氣息。深夜下，幾根電線桿彷彿高聳的樹幹佇立在幾個角落，綿延出樹鬚般的電線，顯得有些冷清空洞。

暮雨走到一處轉角，小巷將近兩公尺的牆呈現直角彎過去，周圍的空地粗略的圍繞著禁止進入的黃色警告布條，「這裡。」他毫不在乎的拉開布條。

白火湊近一看，布條內圍繞的空間有一灘乾涸的暗紅色血跡。

黑夜下只有幾盞灰白的路燈照亮視線，地上的血漬有點像沒刷洗乾淨的道路潑漆，一這麼聯想，案發現場似乎也不是這麼悚然了。

黃布條纏繞的案發現場，即使是深夜還是有人站崗，她看見一個身穿警察制服的男子站在附近。

「晚安。」警察壓低帽簷，似乎沒把他們當可疑分子，簡單問了個好。

暮雨稍稍打量了那位警察，倒也沒多說什麼。

白火稍微聽人說過，當初那個名為諾瓦爾的恐怖分子是半路突然殺出來，在砍了暮雨一刀後就消失了，儼然是個愉快犯。但她不太清楚細節，於是問道：「當初發生了什麼事？」

「那天傳出有時空竊賊出沒的消息，武裝科前往執行任務，我率先前往目的地，中途經過這裡時就遇見了他。」

暮雨印象相當深刻，一名紅髮貓眼的青年猛地站在略高的圍牆上，不懷好意的笑露出虎牙對他說了句「真是個美麗的午後」的經典臺詞。

諾瓦爾當時是一襲莊重的西裝和禮帽，光天化日下這種打扮不可能掩人耳目，他卻宛如乘著風般驀地出現在眼前，氣息輕微得連暮雨也沒有察覺自己被人尾隨。

就和他之前提過的一樣，諾瓦爾以迅雷不及掩耳的速度在他手臂上留下一刀深可見骨的傷痕，並且迅速的銷聲匿跡。離開前還行了個姿態滿分的禮，優雅得氣人。

「因為傷勢太嚴重，做了點急救措施後才抵達任務目的地。」

受了那種傷，還硬是要去打壞人啊……白火不禁在心裡吐槽科長的職業精神。

「沒想到抵達目的地，才發現是個幌子。根本沒有什麼竊賊，反倒是被身分不明的黑色軍隊團團包圍了。」

對方是一支訓練有素的隊伍，面對突發狀況，原本以為只是捕捉竊賊的武裝科科員數量根本不足以對抗。當暮雨抵達現場時，黑色軍隊早就消失了，大部分武裝科科員因此受了輕重不一的傷。

即使是冷靜的暮雨不禁也開始懷疑：如果自己真的單槍匹馬先衝到目的地，遇上那群黑衣人，可能會就此死在那裡也不一定。

回想起不愉快的記憶，暮雨微怒的瞇起眼，推斷道：「……那個紅髮貓眼不是普通人，速度非常快。」

他有一種莫名的感覺，這種感覺簡直就像是自己陰錯陽差被那隻貓救了一樣。一想到這裡，暮雨就不是滋味。無論諾瓦爾是有心還是無意，他輸給那傢伙都是無庸置疑的事實。

「既然警察都來了……應該會繼續調查下去吧？」白火是不太懂公元三千年的警察和管理局會在什麼情況下攜手合作，不過既然都見血了，現在也有人在站崗，就代表會繼續追尋下去吧？

「不，再怎麼調查也不會有結果了，警察那些傢伙不可能抓得到諾瓦爾。」

不料，暮雨卻刻意對著站崗的警察丟出這句話，同時迅速的把白火抓到身後，擋在她面前。

他瞪著前方那位幾乎用帽簷遮住眼珠子的警察，「所以，你是誰？」他可不記得警察會熱心到半夜還來案發現場散步。

那名警察從容不迫的又壓了壓帽簷，發出銀鈴般的輕笑聲。聲調是獨特的高嗓音，意外符合纖瘦的身形。

「您說您是舊地重遊吧？我們也是，沒想到這麼巧。」

對方的話才剛說完，暮雨不知怎的就抓著白火往旁邊一閃。

一股劃破晚風的力量急速滑過白火的腰際，她頭皮一陣發麻瞪過去，才發現前一秒他們踩著的地板上多了個東西，昏暗燈光下可以看見是冒著硝煙的彈孔。

暮雨用眼尾一掃，身後不知何時多了數名黑影般的怪人，拿著槍對準他們。

「要是成功拿下第二分局的科長，一定很有意思。」

他往後看只是一瞬間的事，這不到一秒的時間內，眼前的警察卻一鼓作氣逼近他，手中閃過一道銀色圓弧閃光，明亮得嚇人。

負傷尚未痊癒，背後又有個拖油瓶迷子，這種人數差距打起來也麻煩，暮雨沒打算蹚渾水，只想當場落跑了事——卻發現某股力量將他的手扯了過去，無法退後。

喀的一聲，清脆的機械金屬音迴盪在黑夜的巷子裡。他手上冷不防多了某個東西。

「這、這什麼！」

尖叫的不是他，是白火。

白火驚恐萬分的看著自己手腕上突然冒出的東西，科長剛剛抓著她的手退後，如今她的手腕除了被科長抓著以外，不知道為什麼又多了一圈金屬環。

冰冷的銀色金屬環扣住她的手腕，連結著大約二十公分長的鎖鏈，她順著鐵鍊的另一端望過去，眼神停在暮雨手腕上——魔鬼科長那感覺得出骨骼形狀、偏瘦的手腕上此時也套著一圈金屬環。

瞪著手上的那圈鬼東西，白火崩潰了，「手、手銬？！」

暮雨百般厭煩的嘖了一聲，他舉高手臂，旁邊的白火就「哇哇哇！好痛！」的尖叫，整個人像是被起重機吊起的貨櫃一樣，跟著暮雨的手被往上提。

身後被一群人拿槍抵著，暮雨也不管了，低狠的問著：「……這什麼意思？」

那名警察不合時宜的爽朗笑了聲：「一點微不足道的小心意。」

「……」

不行，這招太狠了，就算是魔鬼科長一時間也啞口無言。

「暮雨先生！手！請快把手放下來！」身高差距很痛啊啊啊啊！

「我是沒想過一、兩次就能除掉你，所以單純看你們出糗倒也挺有趣的。」那名警察脣角一勾，「晚安，好好度過漫長黑夜吧。」他手徐徐一揮，同時間腳步邁開，朝白火的方向跑了過去。

擦身而過的瞬間，白火似乎瞥見了——幾縷半塞進警察帽的帽簷裡那幾乎褪去所有色素的淺色髮絲，以及暗沉得像是紅砂岩褐土的眼珠子。

黑夜加上壓低的帽子，明明什麼也沒能看清楚，她卻感受到警察青年那細長睫毛下勾魂攝魄的深沉眼神。

暮雨感覺到身後傳來的殺氣，本能的隨手一伸。

「好痛！」

不管白火的右手臂被掰彎成詭異的角度，暮雨硬把她抓到自己身邊。被手銬銬著的兩人，正好形成一種男右女左的局面。

又是砰的一聲，類似屋瓦的東西砸到他們腳邊，重力加速度立刻碎成粉塵瓦礫。巷子裡明明什麼也沒有，從哪裡掉下來的？

「準備落跑了。」那個假警察離開了，如今又被一群黑衣人追殺，厭煩至極的暮雨不想管面子，只打算逃跑了事，「下次別跟上來，有妳在準沒好事。」他是打從心底這麼認為，從這迷子出現起就怪事不斷，那個紅髮貓眼多半也是被她引出來的。

「不該怪到我頭上吧！」是你自己半夜要亂跑，你也有責任吧！

「囉嗦，走了。」

接下來，暮雨的行為再次讓白火刻骨銘心的體會到——魔鬼科長的血液裡沒有慈悲心這種基因。

「幫我看清楚後面。」暮雨嫌她跑步速度太慢，竟然手臂一環過她的腰際，直接把她像是沙包一樣扛在自己的左肩上，「沒事就閉上嘴，不要咬到舌頭。」這樣扛著重物逃跑還真是不方便，但將就一下吧！他輕吁了口氣，跳上牆垣開始往回跑。

被扛著落跑的白火如今呈現一種非常可笑的姿勢：暮雨抱住她的腰，她被手銬銬住的手臂繞過自己的背後，像是鐵桿一樣被彎了過去。現在的她屁股朝前，臉朝後，形成趴著的狀態，如果她努力往後抬腳，說不定能夠用腳後跟踹到暮雨科長的下巴。

「重死了。」

「說、說這什麼話！」失禮的傢伙！

像惡婆婆一樣嫌棄她體重的暮雨絲毫沒有被影響，就算扛了一個人形米袋依舊腳步飛快，一個蹬步踩上屋瓦。隨著他一躍，白火眼前的景色從腦後飛逝到腦前，時不時又來個拐彎和劇烈升降，加上目睹一堆黑衣人拿著槍追殺過來，根本比任何恐怖片還來的驚悚。

「你不是很厲害嗎！把他們打回去啊！」

比起生命安全，在夜深人靜的月色下竟然得經歷這種追逐戰，而且還是屁股朝前被人扛著跑……來到公元三千年，短時間內她各式各樣的鬼事都經歷過了，如今比起生命安全，白火只覺得丟臉到想死。

「我是傷患。」

「不要在這種時候找藉口！」她氣得真的想乾脆用腳後跟踹他的下巴，這時眼前的黑影手一抬，「暮雨先生，小心！往右邊閃！」

暮雨反應再怎麼快也趕不上子彈的速度，儘管身子乖乖往右傾，心裡還是依稀察覺到逃不掉了，子彈絕對會命中到他閃不過的左肩，甚至是白火臉上——想不到飛躍到旁邊的瞬間，向來體溫偏低的他竟然感到一股熱流在背部蔓延。

背後有股說不上來的溫暖熱能，以他為中心——應該說以他右肩上扛的「那袋沙包」為中心，蔓出一股銀白色的火光。

「……嘖。」白火沒被手銬銬住的左手不知何時凝聚著雪一般的火焰，掌心除了火焰外，還冒著奇妙的黑煙，逐漸遠去的地面有一團黑色焦黑物，隨著暮雨的腳步遠去，化為一粒黑點。

看見自己射出去的子彈瞬間被燒成廢鐵，追殺的黑衣人們確實停頓了一下腳步。

暮雨回頭一看這絕景，「六十分。」這下總算打了及格分數。

「你這個魔鬼——！」這種情況下，就算打了一百分也開心不起來啦！

已經不知道暗自怒罵了暮雨科長幾次，而且自己竟然漸漸習慣這種亂七八糟的暴君作風，這種生死關頭之間，白火替自己感到可悲了起來。

★※★◎★※★

「甩開就贏了，對方不可能追到管理局裡。」那群黑衣人不可能有勇氣跑來管理局送死。

「那些黑衣人……是之前武裝科遇到的黑衣軍隊嗎？」

「不知道。」

拐過轉彎，暮雨順勢用眼尾掃了追兵一眼……在微弱夜光下，對方有影子。

追逐戰持續了良久，暮雨一個翻身跳過管理局的高牆，成功降落到管理局的後花園裡，黑衣人彷彿池面漣漪般嘩的一聲消失了。

看來他的推測正確，那群人黑衣人只是地位最低下的成員，再怎麼有膽量也不會跑到管理局裡鬧事。

「這次……根本白跑了一趟……」果然半夜溜出來沒好事，白火知道錯了。

「不，有收穫。」暮雨卻搖搖頭。

那群黑衣人衣袖底下的玄色刺青他可沒漏看。再者，其實當初那瞬間，他們與那位警察青年擦身而過時，他也看見了。

朦朧月光下，那位警察青年有著絲綢般的柔軟髮絲，濃稠赤紅般的眸子彷彿下一秒就會溢出鮮血來，重點是——那纖瘦的身姿下，沒有影子。

暫時解除了危機，暮雨手一鬆把白火放回地上，也罕見的呼出一口氣，將花園的植物香氣吸進鼻腔裡。

現在問題暫時是解決了，然而多虧那假警察的餘興節目，又衍生出新的問題。

「這該怎麼辦？」白火甩甩手上的手銬，剛才一連串的激烈追逐戰，弄得她手腕都被扯紅了，壓出一圈紫紅色的瘀青和擦傷。

暮雨被銬住的手也像是軟體動物似的跟著甩動，場面看起來有些滑稽，他有些不爽的故意又把手抬高。

「你做什麼啦！」

於是身高矮他一大截的白火又被往上吊得哇哇大叫。

鑰匙在那個假警察手上，這下該怎麼辦？白火在心裡發牢騷：被莫名其妙抓來公元三千年就算了，現在莫非還得上演什麼與魔鬼科長的手銬親密生活日記吧？

「——是誰在那裡？」

暮雨正打算叫白火乾脆把手銬燒熔時，遠方有聲音傳了過來，一道人影踩著花園的造景地磚走過來。

這次的黑影總算叫得出名字來了，是安赫爾。

安赫爾按著痠痛的肩頸晃了過來，「夜班值到一半聽見花園裡有聲音，走過來瞧了一下，沒想到是你們。」他也相當意外這兩個熟面孔會在後花園裡，「相親相愛的夜裡幽會呀？進度還真快。」

他非常好奇什麼時候暴君科長和純種迷子關係變得這麼好，果然長時間下來的魔鬼訓練是會讓受害者產生依賴心理的嗎？潛伏期超短的斯德哥爾摩症候群？他猛然用種同情的眼神瞅了白火一眼。

「……請不要用那種眼神看我，你一定誤會了什麼。」白火可憐兮兮的說道，長期待在魔鬼冰塊身邊的緣故，低溫害得她鼻水直流。

暮雨也懶得跟他廢話了，「想辦法把這弄掉。」

「什麼？」安赫爾湊過去一看，這才發現兩人手上連著相當不得了的金屬環，「哇塞！這什麼？最新的實境秀嗎？七十二小時手銬生活親密大體驗？」早上打壞人、晚上變藝人，他都不知道原來這個科長私底下賺外快賺這麼凶，是有這麼缺錢嗎？

在暮雨差點召喚出武器把他垂直劈成兩半前退開一步，「好啦、好啦，我不鬧了。」安赫爾擺擺手很識相的先賠罪，重新端詳了一下手銬。

他帶有奇異刺青的右眼骨碌碌的盯著手銬看，視線再移到鑰匙孔的位置，伸手搖了搖手銬，白火和暮雨的手也任他擺布晃來晃去。

「其實你們應該也清楚……局長我又不是鎖匠，沒鑰匙我也沒辦法啊。」片刻，他丟出預料之內的答案，「而且總覺得沒這麼簡單，這感覺和一般金屬不一樣。」

暮雨在心中發誓，下次遇到那個假警察絕對要讓他腦袋分家。

驀地，他一甩右手。

白火尚未會意過來，只看見空中一道銀色細線橫越她的視野——暮雨的指尖就像是羽毛筆似的，在夜空中勾勒出一道銀線。

須臾，僅僅一秒，白火若有似無的感覺到了，彷彿和暮雨此刻露出的銀色光芒產生共鳴般，他的胸口——確切而言是頸子掛著項鍊的位置，閃爍過一丁點湛藍色的餘光。

如曇花綻放般，那抹光芒稍縱即逝。

——那道光芒是什麼？項鍊的寶石嗎？

她來不及問，空中的銀色絲線朝兩邊擴張蔓延，隨即凝聚成冷灰色的光芒，暮雨握住具現化的長柄，眨眼間，一把雕工精緻的巨型鐮刀映入眼簾，鋒利的刀身像吸飽月光似的，反射出彎月般的冷澈光芒。刀柄加上刀身的高度超越他的頭頂，他卻輕盈的單手握在手裡，熟練的一轉刀柄。

那是白火第一次看見暮雨的烙印武器——是一把將近兩公尺高、纏著鎖鍊的鐮刀。

「讓開。」果然打從一開始就不應該浪費時間，一刀劈了最迅速。暮雨示意白火快閃到旁邊去。

比起初次看見對方烙印武器的震撼，此刻占據白火心中的只有生命危機的警鐘。

「我哪讓得開啊！」

——要是能讓開，我一開始還會自願當米袋被你扛嗎！

「我明天一早就找鎖匠來，好嗎？冷靜點，冷靜點嘛——」

「你要我和這東西待一個晚上？」傳出去能聽嗎！

「你那是什麼眼神！」還有「東西」是什麼意思！

「喂，妳——」暮雨轉而看著白火，用下顎點了點手腕上的圈環，「燒掉。」

「那麼危險的事我哪辦得到啊！」要是導熱良好結果兩個人的手一起變成全熟烤肉怎麼辦！

暮雨嘖了一聲，雖沒說話，眼神倒是清楚透露了心聲：從頭到尾一點用處也沒有的傢伙。

「其實我覺得這樣也不壞啊……」

看這兩人一搭一唱還挺有意思的，果然一段時間磨合下來契合度挺不賴，看這個一開始怯生生的迷子，到現在都可以不怕死的跟魔鬼科長對槓，安赫爾覺得再多一條手銬增進兩人的感情也是挺溫馨的發展。

看著眼前兩人眼神交鋒，目光射出來的惡意電流活像是兩隻狗準備互咬對方，安赫爾繼續當和事佬：「不然這樣子好了，我現在也在值夜班，你們一起過來辦公室避避風浪，明天天一亮我馬上請鎖匠過來，這樣可以了吧？」

暮雨雙手交抱沉思了片刻。他手一動的時候，白火當然又被扯了過去。

「你辦公室沒有其他人吧？」

「當然、當然。」

——那就好。暮雨點點頭當作是妥協。

白火這下又發覺一股說不上來的怪異感了，這個魔鬼冰塊究竟為什麼這麼聽局長的話啊？

眾人的意見算是統一了，三人氣勢浩蕩的移動到安赫爾的辦公室。

途中害怕被撞見的緣故，白火一直縮著肩膀，下意識躲在暮雨高䠷的身後。然而，透過長廊窗戶灑落下來的月光，映照在手銬的鐵環與鎖鏈上，溢出銀輝，加上步行產生的金屬碰撞聲音，行走於長廊的三人顯眼得有如移動中的箭靶。

「不然這樣吧？」

安赫爾相當體貼的從醫療長袍口袋裡摸出了某個東西，飄飄然的覆蓋在兩人被銬住的手上——是一條絕對不像是二十六歲青年該帶在身上的白色蕾絲手帕。這傢伙沒事帶這種東西在身上做什麼啊？

皎潔月光下，兩人被手銬連結的手加了條手帕更是匪夷所思，這下根本和被抓進警車的現行犯沒兩樣。

——我究竟是幹了什麼罪大惡極的事才會受到這種待遇……

白火欲哭無淚的看著手帕上的蕾絲鏤刻坑洞，那些坑洞有點像是自己滿目瘡痍的小小心靈。

成功逃到安赫爾的辦公室後，走在最後面的白火迅速關上門，鬆了口氣似的垂下肩膀，「太好了，沒有被人撞見……」當她垂下手時，覆蓋住手銬的手帕像是降落深海的水母一樣飄飄起舞，緊張的氣氛登時渲染上一些可笑感。

她偷瞄了一下暮雨冷若冰霜的側臉，又看了一下自己的手。現在是半夜，如果只是一個晚上的話，小瞇一下眼應該就過了吧……

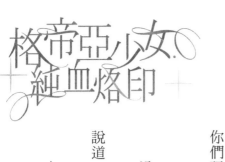

唯恐天下不亂的安赫爾倒是沒打算放過他們，「不知道為什麼，這種時候就好想讓你們玩『紅旗舉起來！白旗放下來！』的遊戲喔，機會難得，要不要試試看？」

「才不要！」白火用手把安赫爾不知從哪裡摸出來的紅白旗子打掉。

「我說，戴著手銬跳探戈會不會跳得更好啊？畢竟都貼這麼緊了。」

這次是暮雨言簡意眩的回答：「去死。」

「好啦，不開玩笑了。」安赫爾兩手一攤，像是想到什麼似的指了指白火的頭頂，說道：「啊，白火妹妹，幫我拿一下櫃子上的書好嗎？」

「這個嗎？我知——」

白火順著方向，沒多思慮的伸出距離書本比較近的右手，然後手銬相連著的暮雨冷不防被扯了過去，重心不穩，整個人差點撞上書櫃。

「嗚啊啊啊！暮雨先生，對、對不起！」

「哈哈哈，果然很有趣！這不是比起心有靈犀還要更加共患難嘛！」

「……」

暮雨用自由的右手攀住距離鼻尖只有三公分的書櫃，低垂著臉。

幾乎是一眨眼的時間，以他為中心，氣溫驟降，刺麻的冰冷感透過手銬金屬竄上白火的腦門，辦公室的溫度霎時宛如風雪肆虐的冰原。

暮雨右手手腕內側的格帝亞烙印洋溢著光芒，握住在空中逐漸成形的烙印鐮刀，側眼瞪了礙事的白火一眼：「讓開，我要宰了那個傢伙！」

「所以說我哪讓得開啊！」

「刷啦——」冷不防傳來門扇滑開的聲音。

對準安赫爾咽喉的烙印鐮刀還沒完全現形，倒是耳邊傳來了比起暮雨理智線斷裂還要恐怖的開門聲——三人不約而同抽了一口寒氣，朝辦公室大門瞪過去。

「安赫爾你終於回來啦？我剛才看見辦公室有亮光就過來了一趟，但是找不到人，你上次拜託我的資料——」芙蕾毫不控制力道的推開門走進辦公室裡，挑挑眉，「喔？這麼熱鬧？」

「芙、芙蕾！」為什麼不敲門啊！白火快崩潰了，「為什麼妳會在這裡啦！」

「這才是我要問的吧？值夜班當然要醒著啊，倒是你們三更半夜的沒事待在這裡做什麼？」

「沒、沒什麼，就是——」

「嗯？那什麼？」

芙蕾歪歪頭，白火嚥了口唾沫，惴惴不安的朝著對方的視線方向看過去，最後停在覆蓋住自己和暮雨手掌的某塊白布。

——該死的蕾絲手帕！

身為魔鬼科長的「真傳弟子」，白火運用至今為止體驗到的種種無人道遭遇，凝聚出一個媲美暮雨師父的凶神惡煞眼神，朝手帕的主人安赫爾狠瞪過去。

「嘿嘿嘿，歹勢啦！」安赫爾被這熱切的眼神一望，害臊的搔搔臉頰，然後——「啾咪！」毫無禮義廉恥的拋了個媚眼過來。

「咪你個鬼——！」

「所以說這什麼啊？」

芙蕾又問了一次，下意識動手去掀手帕，只是手指還沒伸過去就感到一陣抵抗的風壓——暮雨靈活的轉身閃了開來，轉了個圈的緣故，手帕底下的手銬鎖鏈拉直反彈，隨之受牽連的白火「噗嘎！」一聲像是被車子輾斃的青蛙一樣差點貼到地面上去。
「這是餘興表演用的道具。」暮雨語氣平順的說道。
白火猛然抬起差點撞地的臉，「哈啊？」
「什麼表演呀？」
暮雨轉轉眼珠，氣定神閒的開始瞎掰：「鴿子。」
「哈啊？！」
「沒錯，聽說二十一世紀的魔術把戲，最常見的就是從帽子或手帕裡變出鴿子！白火妹妹似乎想親自表演什麼鴿子戲法當作是歡迎會的餘興節目，只是遲遲找不到練習幫手，才悄悄在半夜請我們幫忙……不過我說白火妹妹呀，歡迎會的主角竟然還要自己準備餘興節目什麼的，妳不覺得很可悲嗎？」安赫爾憐憫的看著白火。
嗯，非常可悲，自從遇見你們這兩個說謊不眨眼的管理局混蛋，可悲到我都快哭出來了——白火夾帶著殺意與絕望的眼神如此表示。
「暮雨也來幫忙？這種三更半夜？」
暮雨思索了片刻，最後決定不讓謊言越補越大洞，老實的點點頭：「嗯。」
「我們家暮雨老弟面惡心善嘛——何況又是純種特訓班弟子的可愛要求，哪可能會拒絕呢？」

「嗯。」

「嘎？！」這兩個混蛋究竟是臉皮多厚才能臉不紅氣不喘說出這種鬼話啊！

「只是很不湊巧，現在還是練習階段的緣故，又是深夜，我們根本沒準備鴿子啊！芙蕾，妳來錯時間點了。」安赫爾的輕浮性格這下總算派上正面用場了，滿不在乎的對著白火展開上對下的欺壓，還笑嘻嘻的露出牙齒說：「對吧，白火妹妹？」

「啊、喔……嗯。」

「所、以、啦！為了賠罪，我們就請白火妹妹來點即興演出吧！」安赫爾拍拍手，發出起鬨的歡呼：「模仿鴿子吧，白火妹妹！」

「什麼？！」

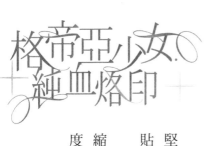

「跨越差點被時空黑洞攪爛的危機，與暮雨老弟並肩而行的魔鬼訓練倖存者！身心堅韌的妳還有什麼事辦不到？」安赫爾帶著狡猾陰影的笑靨湊近白火，距離近得幾乎要貼上她的鼻尖，然後每個字斷句得乾乾淨淨：「模、仿、鴿、子。」

血壓瀕臨極限的白火想乾脆想冒著手銬被發現的風險破口大罵時，右手突然一陣收縮，刺冷得她發出鳥類般的悲鳴——白色手帕下，暮雨竟然二話不說抓住她的手腕，高度施壓的瞪了過來。

魔鬼科長冷峭的眼神簡單透露了幾個字：想活著回家就給我乖乖配合。

「……」白火把心中的沉痛與悲哀全隨著空氣吸進肺裡，將自由的左手當作鳥喙抵在嘴巴面前，嘟起嘴，縮起脖子和背脊，做出相當愚蠢的鳥類扭動動作，「……咕。」

「非常好！不愧是局長我相中的純種迷子！再來一次吧！」

「……咕……咕咕……嗚嗚……」

成為鴿子的途中，鼻酸想哭的白火沒來由的想念起了紅髮貓眼諾瓦爾。

不，應該是諾瓦爾製造出來的時空裂縫才對，實在想念到不行，畢竟只要有那個黑洞，她就能當場把眼前的科長和局長一屁股踹進黑洞裡。

芙蕾看這和平歡樂到接近詭異的氣氛，也不好意思再打擾半夜特訓——應該說是懶得追究當中的血與淚，只好含蓄說了句：「……祝你們合作愉快。」

「話說回來，芙蕾，妳找局長我有什麼事嗎？」

「啊，你上次拜託我的資料，我拿過來了。」想起公事的芙蕾把從頭到尾拿在手上的一疊文件放到安赫爾桌上，隨即轉身，「那麼，你們，呃……多多保重。」然後開溜似的閃人了。

看來她絲毫不願意待在這詭譎的鴿子辦公室裡一分一秒。

芙蕾的腳步聲走遠後，白火第一件事就是把掩蓋手銬的蕾絲手帕抓起來往地上摔。

「你們這兩個……狼心狗肺的混蛋——！」

「這下純種迷子都變成純種鴿子啦，哈哈哈！」

「要是今後出現什麼奇怪的傳聞要怎麼賠我！」她才剛來到這個未來世界，還想求生存啊！

「隨便，我要休息了。」倒是當初說出「鴿子」一詞的始作俑者暮雨毫無愧疚心，抓起手銬上的鎖鏈一扯，「過來。」把白火扯到最近的辦公椅上，自己則在鄰近的椅子坐了下來。

彷彿被綁上項圈的白火只能像家犬一樣被迫在科長隔壁的辦公椅上坐下，鎖鏈長度限制讓她無法抽身，只好像是面壁思過似的盯著眼前的辦公桌。

科長看隔壁的迷子眼神死絕的凝視著整齊乾淨的桌面，「還不睡？」

「您不是也一樣嗎？」

「這種鬼地方我哪睡得著。」

「……」心靈向來不太纖細的白火也完全感覺得出來話中帶著的尖刺與鄙視，翻翻白眼，決定不管輩分禮儀了，「那我先睡了，晚安。」

「放心休息吧！等到天亮鎖匠過來的時候，局長會叫醒妳的。」

白火趴臥在桌上歇息，任由連結著手銬的右手自然垂下，原先以為會被手銬圓環扣緊得難以入眠，卻在睡意迷濛之中，若有似無的察覺到手銬之間的鎖鍊似乎不像先前那麼緊繃了。

右手得到舒緩，不只如此，意識朦朧之間，似乎有誰將毛毯輕蓋在她的肩膀上。

★※★◎★※★

當白火清醒時，魚肚白的晨曦切過窗框，直射到辦公室裡。

她思忖了良久才想起昨天的手銬事件還沒解決，反觀睡眼惺忪的她，暮雨從頭到尾都不動聲色的用單手閱讀書本，連她醒來也沒有多大反應。看來心靈纖細的科長說到做到，真的一整晚也沒闔眼。

不久後，安赫爾將鎖匠帶到辦公室裡，似乎是動用了什麼特殊人脈，才有辦法一大清早的就把人請來。

鎖匠大叔熟練的將金屬器具插入手銬的鑰匙孔中，傳出金屬撞擊的聲音。

解鎖過程實在有些枯燥乏味，加上委託內容竟然不是最常出現的公寓大門，反而是手銬這種匪夷所思的東西，大叔於是說了這句：「你們該不會是玩了什麼不可告人的奇怪遊戲，一個不小心弄丟鑰匙了吧？」

他講完這句話，下場當然是差點被暮雨殺掉。

良久，圈住兩人手腕的手銬圓環終於解鎖。

白火看著重獲自由的右手，登時有點想哭；暮雨則是照常露出厭煩的表情，轉了轉發痠的手腕。

「那麼這個就交給您了。」鎖匠大叔將取下的手銬和某把小巧的鑰匙遞給安赫爾，而後拉低自己的帽子當作敬禮，「多謝您的惠顧，期待下次的委託喔！」隨即瀟灑的揚長而去。

——哪還會有下次啦！

白火在心中吐槽，然後看著安赫爾手上的小鑰匙，「那是什麼？」

「當然是手銬的鑰匙，想說既然請鎖匠來解鎖，就順便請他打了一支手銬用的萬能鑰匙嘛。」安赫爾的笑容漆黑得發亮，揚了揚手上的手銬和鑰匙，「這下可有趣了，之後要怎麼玩才好呢，嘿嘿嘿……」

暮雨瞅了一眼笑容燦爛的局長，率先來了個下馬威：「敢把手腳動到這裡來，我就把你的脖子跟腳踝銬在一起。」

祖母綠瞳孔凶狠銳利的絕對不像是玩笑話，他是認真的。

這麼說來……白火想起自己在睡夢中沒什麼動靜，意外的安穩，她看了眼暮雨。

「看什麼？」

預料之內，她得到科長不耐煩的側睨。

「既然事情皆大歡喜的解決了，就地解散吧，掰啦——」事件結束也沒什麼樂子可尋的安赫爾索性甩著手銬走了，值完夜班的他多半是回去補眠。

倒是不幸被捲入深夜手銬事件的暮雨接下來還得直接去工作，看著悠閒到氣人的局長背影，他沉著臉色轉身前往辦公地點。現場登時只留下脫離手銬危機的白火。

手銬軼事就此告一段落——白火原本是這麼想的。

殊不知紙終究包不住火。所謂流言可畏，之後一段時日，管理局不知從哪跑出了風聲，持續流傳著「某科長帶著迷子夜裡潛逃，兩人還銬著同一副手銬」這種詳述到能讓聽眾身歷其境的蜚語。

想當然耳，那又是另一段故事了。

番外一《時空管理局的手銬軼事》完

番外 02. 失落的黑色奧洛夫

時空管理局第二分局武裝科科長．暮雨——他的一天是從當日的早晨報紙和黑咖啡開始。

公元三千年的居民大多使用像是紙張般可折疊的攜帶平板，或是錶型的投影螢幕電腦，新聞報章也早已數位化，然而紙本的閱讀刊物依舊存在著一定比例的市場。管理局內也有不少人比較習慣紙張的觸感，認為就是要有紙本印刷才可謂書物。

號稱魔鬼科長的暮雨，眼神向來銳利，早晨時就更不用說了，有低血壓通病的他可謂移動冷氣團，凡走過的路都會引起一陣低溫效應。一段時間下來，第二分局也出現了個不成文的規定：暮雨造成的低溫就和報時時鐘一樣，當感覺到一股不符合季節的低溫就代表上班時間到了。

暮雨今日也在早晨時間翻著報紙，冷淡的盯著大大刊登在報上的頭條標題。

「奧洛夫失竊！傳說中的黑色寶石至今仍無線索，柯洛家族重金懸賞失物！」

暮雨蹙起眉頭，「……柯洛家族？」那不是當地小有名氣的黑道嗎？

他收起報紙，稍微搜尋了一下失竊的寶石資訊。

良久，將今日的原定工作事項往後移，暮雨在科員出席白板上寫下「外出」後，就離開了武裝科辦公室。

★※★◎★※★

「白火，妳是犬派還是貓派？」

當安赫爾突然丟出這個問題時，白火嚇得一瞬間以為自己心臟會就此停止跳動。

「什、什麼？！」她倒吸一口寒氣，飆出有點像是老鼠被車子輾到的奇怪高音。

「反應那麼大做什麼啊？隨口問問而已，妳喜歡狗還是貓？」

「……狗、狗、狗吧。」退了幾步，幾乎退到牆上，結巴到病態程度的白火丟出這句話，「安赫爾呢？」

「不知道，我家阿弟仔對動物過敏，從小就沒養過寵物，頂多在桌上放一盆仙人掌之類的，養植物比較不會寂寞。」安赫爾摸摸下巴，歪頭一想，「硬要說的話，我認為自己應該是貓派的啦，那種冷淡的眼神多棒啊——」

確實是，那帶點神秘感、不按牌理出牌又我行我素的性格，和貓應該很相襯。

「總覺得白火妹妹要是養起貓狗來，應該會變成溺愛寵物的笨蛋飼主吧。」貓奴之類的，電視上好像有這種說法。

「我、我也不知道，應該吧。我很想念老家的貓就是了。」

「希望妳能快點回家和貓咪團聚。那就這樣，掰啦。」

明明是自己丟出來的話題，閒聊個幾句後安赫爾就揮揮手逕自離開了，果然是個率性如貓的傢伙。不過這樣也好，差點魂飛魄散的白火因此撿回了一命。

白火像是行竊的小偷般躡手躡腳回到時空迷子專用的暫時收留所，打開房門，一溜煙的縮進門縫裡立刻把門鎖起來。

「……怎麼辦？」

——我好像犯下了滔天大罪。

白火無助的凝視著目前正占據她房間一角的「某個生物」，心有餘悸的如此思考。

「安赫爾會突然問那種問題，該不會是察覺到了什麼吧……」

以迷子的身分來到公元三千年也有一段時日，所謂拿人手短，寄人籬下的白火一面接受魔鬼科長的無人道訓練，時而協助管理局進行些簡單的庶務。

這是發生在某次她代人跑腿從商店街回來時發生的插曲。

習慣從後門繞回來的白火發現花園草林內有動靜，下意識走近一看，發現有隻毛色純亮的美麗黑貓端坐在矮樹叢中，搖曳著尾巴，琥珀色的眼珠子骨碌碌的直盯著她。

黑貓不認生的湊近白火，將毛茸茸的臉蹭了過來，並發出貓咪拋下警戒時特有的呼嚕聲。冬末的和煦朝陽、花草綻放的庭院、濕度適中的清新空氣外加一隻治癒人心的乖巧黑貓，白火彷彿置身於仙境之中。

於是當白火回過神來時，她已經把靈魂賣給了惡魔。

那隻黑貓被掩人耳目的帶到了房間裡，目前正吃著她偷買來的貓食。

「……貓咪，不可輕忽，是種魔咒。」白火咬牙切齒的暗罵著自己，手還是不爭氣的摸了摸貓咪的頭，臉頰上的緊繃肌肉和緩下來，「對了，剛才還順便買了逗貓棒……不、不對！不該是這樣子的啊！」竟然拿管理局配給的零用錢來買這種東西，她到底在做什麼啊啊啊！

白火，來自二十一世紀的時空迷子，其實是個不折不扣的貓奴。

「你好像我家的小黑啊……實在太像，所以不小心就撿回來了。」她摸著倒臥在地上任由她撫摸的黑貓，回想起老家飼養的寵物，「不知道小黑有沒有好好吃飯……」比起自家父母，現在竟然優先擔心起了貓咪，看來她體內多半也潛藏著某種沒血沒淚的基因。

黑貓脖子上掛著項圈，看來不是流浪貓，但是家貓怎麼會闖進管理局的後花園呢？白火稍微檢查了一下陷進蓬鬆貓毛裡的項圈，觸感不像是尼龍製，還摸到了類似是壓克力的光滑飾品觸感，加上這烏黑發亮的純淨毛色，多半是有錢人家養的貓。

「我就叫你小黑吧？」白火蹲下來，直盯著貓咪縮起的瞳孔，「小黑，我一定會把你送回家的，這段時間你就先待在這裡吧。」

但是管理局內的附屬宿舍究竟能不能飼養寵物呢？從來沒見過貓狗類的動物出現在局裡，於是白火開始了套話之旅。

「芙蕾，住在管理局宿舍裡的人可以養寵物嗎？」

傍晚時刻，趁著鑑識科科員剛好在員工餐廳，白火裝作若無其事的一邊吃飯、一邊問著芙蕾。

「包括附屬宿舍，全館內禁止飼養動物。迷子收容區域已經快超出負荷了，沒有空間再養其他東西啦。怎麼突然問這個？」

「沒、沒有啊！我只是覺得……好久沒看到我們家貓咪，有點寂寞。」

「真是難為妳了，這種思鄉病也沒辦法解決，不然養盆仙人掌之類的來轉移注意力如何？」

「我會考慮的，謝謝。」

果然不行，說來也是，這種地方怎麼可能容許動物進出呢……白火開始對自己的未來——應該說是對於偷偷飼養小黑的自己的未來感到憂心忡忡。

「白火小姐。」

打算快步回到房間裡時，猛然被人叫住，白火作賊心虛的回頭一瞪。

「艾、艾米爾，怎麼了嗎？」

「慢著，妳身上有……」艾米爾突然湊近她的臉，銳利的瞇起眼睛。

——有動物的味道？！有貓的毛？！他是想說哪個？不管是哪個都很危險啊！

「有樹葉。」艾米爾說了句「失禮了」之後，就伸手逕自把白火肩膀上黏著的樹葉拿掉，「妳剛剛是去了後花園對吧？雖說快接近春天了，但還是會有些落葉呢。」

「謝、謝謝。」

「這個時候就會想到我桌上放的仙人掌盆栽，沒有枯葉也不用一直澆水，很方便，相當推薦喔。」

——你們這群未來人到底是多喜歡仙人掌啦！

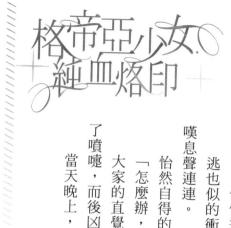

逃也似的衝回房間鎖上門後，白火頂著張快哭出來的臉，瑟縮在房間一角，哀怨的嘆息聲連連。

怡然自得的黑貓和小媳婦般垂頭喪氣的女孩，屋主和食客的角色完全對調了過來。

「怎麼辦，我覺得全世界的人都在與我為敵啊……」

大家的直覺都太敏銳了，稍早和她擦身而過的暮雨科長也不知道為什麼莫名其妙打了噴嚏，而後凶狠無比的瞪了她一眼。她到底招誰惹誰了啊？真是個充滿惡意的世界。

當天晚上，白火抱著溫馴的小黑，一邊想著「要是被發現偷養貓就會被房東安赫爾趕出去」，一邊哭喪著臉爬上床，不知不覺的沉沉睡去。

★※★◎★※★

隔天早上，當白火張開眼睛時，懷裡那股蓬鬆溫暖的觸感消失得無影無蹤。白火睜開惺忪雙眼，朦朧視線還沒對焦，就發現有團黑色物體縮起四隻腳，姿態優雅的站在窗邊，數秒後她才領悟過來——是小黑。

一大早就清醒，還真是隻奇怪的貓，這點倒是和老家那隻總是在睡覺的黑貓完全不像……白火搖搖晃晃的走進盥洗室梳洗，不久後再度從盥洗室裡走了出來。

小黑彷彿在等她準備好似的直盯著她，和她對上雙眼的瞬間就雙腿一跳，踏著窗臺，於空中躍了個半弧跳下窗口。

「……小黑？等等，你要去哪裡啊！」

白火當場睡意全消，雖說就這樣放任小黑離去也無所謂，但貓奴心重的她下意識從衣櫃抓了件外套就衝出門外。總不能從窗戶直接跳下去，白火快步衝出一樓管理局大門，朝著自己房間的方位衝刺。

她再怎麼奔跑也不可能追上靈敏快速的四腳動物，然而後花園裡確實出現了小黑的影子，小黑翻越後牆，跳離了她的視線。

——小黑為什麼要逃跑？是想回家了？還是看見主人了呢？

沉浸於這種想法，當白火回過神來時，她已追尋著小黑的身影來到附近的小街上。這裡有別於鬧區的主要商店街，規模較類似於小鎮的小巷街道，兩邊的店家正徐徐進行開店準備，行人稀疏，白火就在這寬窄適中的平坦道路上看見黑貓的影子。朝陽將小黑的毛色照得發亮，頸子上的高貴項圈爍爍晶光。

黑貓溫順的坐在道路中央，從容自在的甩著尾巴。

「小黑，你怎麼就這樣突然亂跑？」四周根本看不見像是飼主的人影，小黑到底是為什麼突然衝上街道呢？怎麼想也沒有答案，白火彎下腰來抱起軟綿綿的黑貓，尚有冬意的天氣中，恰巧可以取暖。

然而，這份歇息沒有持續太久。

「……找到你了，黑色奧洛夫。」

白火才正要轉身離去，幾位身穿黑西裝、頭髮梳到後方的高大男人不知從哪出現，將她團團包圍，雖說看不見墨鏡底下的眼珠，但完全能感覺出男人們全都盯著她手上的黑貓不動。

這群西裝男儼然就是電視裡出現的黑道討債集團，會拿槍和棒球棍的那種。

「做、做什麼？」摸不著頭緒的白火下意識護住懷中的小黑，無路可退，只能縮在路中央不敢動彈。

「黑色奧洛夫！」

「啊、啊？」黑色什麼夫？

「想活命的話乖乖把那隻貓交出來！」

「什、什麼東西……嗚啊啊啊！」一頭霧水的她再看見西裝男從口袋裡拿出來的東西後放聲尖叫：「槍？！為什麼會有槍！」

什麼！這到底是什麼？！電視節目的整人企劃嗎？白火用眼角偷瞄了四周一眼，別說攝影機了，連拍攝用的高梯和高架麥克風都沒看見。

「……好痛！」對準自己的數個槍口還沒飛出子彈，白火就發出一聲呻吟——懷裡的小黑冷不防咬了她一口，踩著她的手臂跳了出去，「小黑，你要去哪裡！」

「捉住那隻貓！別讓牠逃了！」帶頭的西裝男大吼，指揮一部分人馬追逐著小黑離去，剩下幾位混混仍留在原地將她包圍住。帶頭的西裝男粗魯的揪住白火的衣領，將身高矮一截的她往上抬，「女人，妳是那隻貓的主人嗎？給我從實招來！」

「我什麼都不知道！」

——我才想要請你們從實招來啊！

「少裝傻了，是妳指使的吧？那隻貓可是偷走了我們——」

「就說了不知道，快點放手——嗚哇啊啊啊！」

她聽見金屬齒輪環環相扣，上膛的聲音。

——莫名其妙被紅髮貓眼抓到未來世界，接下來又要因為一隻貓死在混混手裡，我和貓咪也太有緣分了吧？

緊要關頭，白火腦袋沒來由的跑出這堪稱黑色幽默的臨終遺言，默默替自己的十八歲人生流了幾滴眼淚。

「妳看起來很困擾呢，需要幫忙嗎？」

清澈如秘境的潔淨湖水，純粹無雜質的獨特嗓音傳入她耳裡。那是彷彿和街道喧囂隔了一層薄膜般，筆直傳入她耳朵裡的細緻嗓音。

白火尚未找到聲音源頭，就察覺眼角的邊緣有著異樣動靜——西裝男人們腳下的影子擅自蠢動了起來。

影子宛如巫婆糾結纏繞的頭髮般攀附住男人們的黑褲管，一路向上延伸，盤根錯節，纏繞住他們持槍而發顫的手。

光天化日下，這副超脫常理的景象就像是密林中的樹人。

或許是長期下來魔鬼科長的訓練奏效，腦袋還沒反應過來身體就隨之起舞，抓準這個時機，白火稍稍壓低身體脫離槍炮的發射範圍，同時間高舉手臂，「對不起！」用掌心把西裝男的下巴往上一扣，發出類似是骨頭關節錯位的喀喀聲。

脖子扭成怪異角度的西裝男發出慘叫，手上的槍終於滑落下來，隨即白火踹飛落地的槍枝。

「過來這裡。」

才剛跨出一步，突然出現的「某個人影」就抓住她的手腕往內巷裡跑。

抓住她手腕的手蒼白纖纖，細瘦到幾乎感覺不到皮膚與骨骼之間的肌肉脂肪，卻意外有力的引領她逃脫。白火盯著抓著她奔跑的背影，直覺身後的西裝男人們越來越遠。

兩人彎進陽光偏少的隱密小巷裡，沒有聽到後方追趕過來的腳步聲，看來那群西裝男人們仍被困在奇妙的黑影之中。

那道有著純淨嗓音的背影終於轉身過來，憂心忡忡的看著她：「妳沒事吧？有沒有受傷？」

「沒——」話講到一半，白火停頓住了。她凝視著對方的容貌簡直到失禮的地步，過了好一番時間仍支支吾吾說不出話來。

眼前是一位美得讓人無法置信是同一次元的纖瘦青年。一頭及肩柔順的白金色中長髮輝映出太陽的光芒，隨著涼風飄逸，散發出如小溪流水般的粼粼波光；赤紅色瞳眸像是兩口活泉，在細長睫毛下熠熠閃亮；白淨淡雅的肌膚不帶絲毫瑕疵；配上高瘦身材和一身簡單俐落的衣裝，白火一時啞口無言。

這位青年清麗得脫俗、純淨，卻又帶點致命的蠱惑妖媚。像是褪去了所有色素與雜質的他，似乎吹一口氣，就會消失在粉塵裡。

雖然這比喻有點老套，不過她當下仍這麼想——傳說中的白馬王子從童話故事裡走出來了？

「沒事吧？」青年又問了一次，薄唇彎出恰到好處的弧度。

「呃、嗚、啊……」對上他紅色瞳眸的那剎那，白火就好像要被勾走魂魄般，發不出任何字句。

「妳看起來很困擾，我就順手幫忙了。」

「……謝、謝謝。」終於發覺自己始終直勾勾的盯著對方，白火低下幾乎紅到耳根子的臉頰，「那個，對不起。」丟臉死了，恨不得想當場挖個洞鑽進去。

「為什麼要道歉？」

「明明這件事和你無關，你卻還是救了我，很抱歉給你添麻煩了。」

白火在心中無限懺悔：其實是一直盯著你看很抱歉，像我這種路人甲竟然和你呼吸同一種空氣也很荒唐，總之對不起，請原諒活在這個世上的我！

「不是喔，其實有點關係。」外表內在皆美麗的純良好青年搖搖頭，幾抹陽光散落在他的白金髮絲上，「我剛剛旁觀了一段時間，妳懷裡原本有隻戴著黑色項圈的貓吧？」

「什麼？」

「我在找一位失去聯繫的朋友，請問妳有看見牠嗎？」

沒來由的丟了這句話，白火就撞見眼前斜上方的老舊圍牆上停了一道姿態秀麗的動物黑影，黑影怡然自得的梳洗自己的前腳，抹了抹臉，陷入毛皮裡的黑色項圈閃耀著昂貴光芒。

「啊，小黑。」這句話不是白火，而是青年說的。

「啊？」

「太好了，原來你在這裡。」青年笑彎了柔亮的細長眼眸，轉身向白火道謝：「真是多虧妳，我的朋友回來了呢，非常感謝。」

「你說小黑是……你的朋友？」

「嗯，我不太喜歡把牠關進籠子裡，這樣太可憐了。所以是朋友，不是寵物。」

丟出一句有點像是某訓練家與神奇寶貝之間珍重友誼的臺詞，「過來吧，小黑。」青年朝著圍牆招手，向來我行我素的小黑竟然乖順的跳進他懷裡，撒嬌似的蹭了起來。

——這隻貓真的叫做小黑啊……真是普通而貼切的名字。

原先只是隨便取名的白火偷瞄了一眼青年懷中的貓咪，看來眼前這位白馬王子的命名品味意外的了無新意。

「對了，妳叫做什麼名字？」青年溫柔的撫著細軟的貓毛，突然說道。

「白、白火。」

「白火，真是個好名字。」他又笑了，重複唸了幾次白火的名字，「妳就叫我約書亞吧，外面的人都這樣稱呼我。」

「外面的人？」

「嗯。」約書亞露出有些哀傷的微笑，仍毫不遮掩的道：「原本的想不起來了。」

想不起來了？看著疑似是失憶症發作的美麗青年，雖說有點失禮，但白火還是起了點戒心。

「白火。」

約書亞又突然說話了，這個人的節奏有點奇妙。

「是、是？」

「總覺得妳好像少了什麼東西。」

約書亞以懷抱著貓咪的姿勢，傾身向前，貼近白火的臉龐——正確而言，是湊近她的鎖骨和肩頸部分。

這動作嚇得白火紅通著臉貼上沾滿青苔的圍牆，「做、做什麼！」這人某方面根本比剛才的西裝混混還危險啊！

「藍色的光。」眼前的少女退後了，約書亞只好又上前走一步，絲毫沒發現異狀，直視著她的胸口說道：「總覺得……妳是個擁有藍色光芒的人才對，但是不見了。」

——這人到底在說什麼啊？

——這人真的沒問題嗎？

心中閃過無數個吐槽和危機意識，感覺某種危險再度悄悄逼近的白火不斷用著「養貓的人絕對不是壞人」這種荒謬的理由說服自己，硬著頭皮回答：「我、我不懂你在說什麼。」

約書亞又笑了，「沒關係，總有一天會再找到的吧，嘿嘿。」

白火覺得約書亞的笑容雖然美得不可方物，卻添了一股深不見底的憂鬱。

「——把黑色奧洛夫交出來！」

窄巷外面又傳來剛才的大吼，數道硬皮鞋踏著地面的奔跑聲竄了過來。

「又、又來了？！」

「啊，對不起，我一不小心就鬆手了。」約書亞丟出句不明所以的話語，接著抓著白火就轉身離開，「逃走吧，白火。」

於是兩人一貓，以及後面一大批凶惡西裝男，再次於郊區小街展開了不明所以的生死追逐戰。

「你們這群小偷，快把黑色奧洛夫交出來！」

西裝男一面追逐、一面破口大罵，在人潮漸多的街道中，加上奔跑造成準心搖晃，他們一時間也無法開槍。這點算是白火占了優勢。

相當不懂得閱讀氣氛的小黑在約書亞懷裡翻了個身，打了個長長的呵欠。

「那個叫做黑色奧利奧的到底是什麼？」好幾次聽到這個詞，白火終於發問，她是無意間踩到了誰的地雷嗎？

「是黑色奧洛夫。」約書亞快步奔跑，臉色紋風不動，「妳肚子餓了嗎？」

「黑色奧洛夫？」

「查一下最近的新聞吧。」

——這種被追殺的狀況下是要怎麼查啊！

她還沒回嘴，約書亞就鬆開她的手，忽地轉身過來。

約書亞一手抱著黑貓，一手朝迎面而來的西裝男人們一抓，攫住了「某個東西」。

黑色的團團黑影在約書亞手中舞動，約書亞的赤色瞳眸搖曳著燈火般的色彩。

西裝男人們腳下又出現和剛才相同的景象，陰影像是深海水草一樣向上攀爬，西裝男人們登時像是雕像般動彈不得，怎麼掙扎也無法跳出黑影藤蔓的桎梏。

約書亞將手上的黑影往後一扯，他們之間就像連結了一條無形的繩子般，繩子另一端的西裝男人們彷彿拔河劣勢的隊伍一樣接連橫倒了下來。

白火這時才察覺——約書亞的腳下沒有影子。

「查一下最近的新聞吧。」約書亞又說了一次，手依舊騰在空中。

「喔、喔。」看傻了眼的白火決定先不追究是怎麼回事，連忙拿出口袋裡的手機搜尋最近的新聞。管理局暫時借給她的手機看來派上了用場。

她所處的第二星都當地新聞，各家頭條的標題都指向同一件事——

「奧洛夫失竊！傳說中的黑色寶石至今仍無線索，柯洛家族重金懸賞失物！」

瞪著螢幕上深沉無法透光的寶石，白火差點想戳瞎自己的眼睛，「這不是小黑的項圈嗎？！」她摸到昂貴項圈上鑲著類似礦物飾品的東西！

小黑應聲似的「喵」了一下，引以為傲的伸長脖子，顯露出毛皮裡的黑色寶石。

「遭受詛咒的黑色寶石？懸賞？然後這東西現在在小黑的脖子上？！」

「哈哈哈，似乎是呢。」

「為什麼這種情況下你還笑得出來啊！」

「那顆石頭也不是我裝的嘛，只是看小黑很喜歡，我也捨不得拿下來了。」約書亞笑得異常燦爛，口氣悠哉的像是在寒暄問暖一般，「妳聽過柯洛家族嗎？」

白火心中出現不好的預感，應該說，「只有」不好的預感。

「我也是聽朋友說的，好像是當地有名的黑道，哈哈哈！」

「什麼跟什麼啦——！」

究竟是該追問「你是怎樣從黑道手中搶來寶石的」，還是「為什麼要奢侈到把寶石裝在貓咪的項圈上」，白火已經完全失去提問的判斷力了。原來如此，被黑道通緝追殺的貓咪闖入後花園，然後她撿到了那隻貓，這是哪門子的死亡展開啊？

瞪著街道上幾乎要被黑色水草吞噬的黑道分子，害怕遭到秋後算帳的白火決定和事佬做到底：「我、我說，還給他們吧？」

「但是那東西本來也不是柯洛家族的，是贓物喔。」

「那你又是從哪裡拿到那贓物的啊！」

「哈哈哈！妳考倒我了，外面的事情我不太清楚啦。」約書亞不合時宜的苦笑了幾聲，接著又說：「對了，白火。」

「又怎麼了？」

「我的力量差不多撐不住了，抱歉喔。」

話語落下的同時，身後傳來類似繩索斷裂的聲音。

白火猛然回頭一看，纏住黑道分子的黑影藤蔓浮現出彷彿陽光射入樹林的綠葉碎布紋路，接二連三逐漸瓦解，黑影潮水消退，重新變回了男人們腳下的影子。

約書亞手中的「那團黑影」宛如流沙般掠過他的指縫，隨風化去。

「約書亞，你的力量到底是——」

「唔，我想想，該怎麼解釋呢？」約書亞歪歪頭思考，「有點難說明，所以最近有人教我該這麼解釋，就是……等級很高、配點很難、有時效性，然後冷卻時間有點長？」

——你在玩線上遊戲嗎！

在這生死關頭的節骨眼下，白火差點按捺不住去掐死眼前的美青年。

重獲自由的混混們再次衝了上來，論腳程與武力，約書亞再也無法抗衡，而就算使用烙印火焰，白火也沒有自信可以打贏這一群持槍的成年男子。

白火下意識瞅了一眼約書亞懷裡的小黑，只要把這隻貓交出去說不定就能得救，但是這徹底違反了她身為貓奴的自尊心，重點是那隻貓是約書亞的「朋友」。

「不可以輸喔，白火，就算面對逆境，也不可以放棄。」約書亞突然說道。

「什麼？」

「不知道為什麼，我只是想說說看這句話而已。」

同時間，黑道分子終於將炮口對準小黑，喊道：「去死吧！」

搶在對方扣下扳機的前一刻，求生本能呼喚白火的每條神經，「趴下！」她撞開約書亞，一塊與他往地上撲倒，閃過迎面而來的子彈。被壓扁的小黑發出一聲像是被扒掉毛皮的貓鳴。

街道中的溫度驟降。

空氣冰冷得像是水氣凝結，身體如同翅膀潮濕的低飛蜻蜓般沉重不已，然而一滴雨也沒有打在白火臉上。

「喀噹。」

穿著黑色軍靴的人影走過她眼前，當對方停在自己視線前方時，冷到不行的白火終於打了個哆嗦。

白火貼倒在地上，只能瞥見軍靴的雙眼不知怎的捕捉到一道藍色光芒。

宛如透明的深藍大海，又似寄宿著星宿的澄澈黑夜，也有點像是孕育星球的宇宙，就是這種包羅萬象的奇妙光彩浮現在她的腦海裡。

子彈與追兵的叫囂聲戛然而止，白火接受約書亞的攙扶站起身，這下總算看清楚促成周圍低溫化的元凶是誰了。

「……暮雨先生？」

大名鼎鼎的武裝科魔鬼科長暮雨握著與人等身大的巨大烙印鐮刀，看也不看她一眼，凶神惡煞的瞪著眼前的黑道分子。

「黑色奧洛夫是從時空竊賊手中奪回來的歷史美術品，目前隸屬第二星都的官方美術館。從頭到尾都不是你們的東西，少趁著順風打劫，交出來。」

這可不是談商量，魔鬼科長向來冰冷的低嗓子陰狠的道出這句話。

黑道分子撞見冷得發亮的鐮刀利刃、以及凶惡如羅剎的暮雨，各個當場縮住身體，像是手無縛雞之力的村民般退了攻勢。

同時，其餘的武裝科科員和世界政府所屬的軍人從街道四方現身，將他們籠罩於包圍網裡。警車的紅燈亮起，這群黑道分子當場被制伏，情勢登時逆轉。

就像是一陣旋風一樣，這場黑貓與詛咒寶石的奇妙鬧劇終於走向收尾。

身為當事人兼受害者的白火在一頭霧水的狀況下協助辦案，結束了一連串的善後和筆錄。同樣身為「黑色奧洛夫夥伴」的約書亞也伴在身旁，並在無人知曉的情況下拆開了小黑的項圈。

「拿去吧。」約書亞豎起手指，比了個噤聲的手勢，另一手偷偷的把項圈塞到白火手裡，「這樣也比較好辦案吧？小黑的項圈再找就有了。」

判明白火和約書亞只是平白無故捲入紛爭後，警察也無意多做刁難的將他們釋放。

持有贓物寶石的約書亞究竟是怎樣迴避警察的疑心呢？白火直到現在仍滿腹疑問。

「真是段短暫而愉快的旅程，好久沒這麼開心了呢，謝謝妳。」

「約書亞，你到底是……」

「若是還能再見面的話，下次也請記得我的名字，白火。」約書亞俏皮的眨了眨紅色的眼眸，「我很期待妳的藍色光芒喔。」

接著，他溫柔的抱起小黑，消失在黃昏的街道上。

完全沒入街道盡頭前，約書亞又回首看了白火一眼，他雖沒出聲，但從那模擬話語的嘴型看來，似乎是在說著「下次見」。

白火看著美麗而虛幻的青年融入夕陽餘暉裡，這位青年的出現與退場都不可思議到讓人誤以為是夢境。

約書亞究竟是誰呢？她心中有股預感——不久的將來，他們必定會再次重逢。

「暮雨先生，這個給您。」

白火將鑲有黑色寶石的項圈交給正在辦理公務的暮雨。

夕陽照耀下，科長向來蒼白無血色的肌膚多了幾分生氣。

「話說回來，您怎麼會在這裡呢？」

暮雨想也沒想的丟了句：「路過。」

「但是這裡——」是郊區的小巷啊。

「路、過。」他冷峻的眼神明顯透露出這句話：別讓我重複第三次。

脾氣向來暴躁的暮雨科長不知怎的，本次心情的惡劣程度似乎比以往還要高。暮雨接過項圈，一邊暗罵著「竟然把昂貴的寶石鑲在這種鬼東西裡，還讓貓咪戴著亂跑」，然後——

「……哈啾！」

突如其來的打了個響亮的噴嚏。

「暮雨先生？」

「……」

「您沒事吧？」

「……吵死了，沒事！」

幾番觀察下來，魔鬼科長看起來真的不太喜歡動物，於是白火說了句：「您應該也是比起貓咪，更喜歡仙人掌的人吧。」

暮雨忍住再次打噴嚏的衝動，回答：「都不喜歡。」強硬結束這段毫無邏輯的對話。

如此這般，黑色奧洛夫失竊事件到此告一段落。

原本以為會暗中報復的柯洛家族像是乖巧的家犬一樣，主動在這場騷動中退讓，也破天荒的配合侵占贓物後造成的責任歸屬一事。

黑道柯洛家族之所以會如此溫馴，似乎是聞名世界的企業家族「布瑟斯」本家主動協助警察辦案的緣故。布瑟斯本家的名聲相當響亮，看來連灰暗世界的黑道也不敢觸動其逆鱗。

這麼說來……白火突然想起安赫爾局長的本名，似乎是叫做——安赫爾．布瑟斯。

至於布瑟斯本家是如何讓惡名昭彰的柯洛家族自願放棄黑色奧洛夫，並主動將寶石歸還給官方美術館？想當然耳，那又是另一段故事了。

★※★◎★※★

幾天後，諾瓦爾走進ＡＥＦ本部的小型休息室時，看見陸昂一臉愜意的橫躺在寬敞的長沙發裡，懷裡還蜷縮了隻毛色亮麗的黑貓。

陸昂愛貓是成員中眾所周知的事實，將無名的野貓們擅自帶回本部裡飼養也是司空見慣，只是這位辮子青年的性情隨意，向來不替貓咪取名、不戴上項圈，跑出去的貓也不會追回來，標準的來者不拒、去者不追。

「那不是之前失蹤的貓嗎？竟然跑回來了，還真有趣。」因此，當諾瓦爾看見陸昂懷中眼熟的黑貓時，不免嘖嘖稱奇了起來。

陸昂的心情特好，也沒打算和自己性格不合的搭檔耍嘴皮子，他笑露一口白牙得意的說道：「嗯，感謝善心人士的協助，這次我還幫牠換了新項圈呢。」

「之前那個不好嗎？」這隻黑貓是唯一一隻陸昂主動戴上項圈的，諾瓦爾印象特別深刻。

「不知道為啥弄丟了，再說有點重，換點輕的這孩子也靈活些。」

「你還真是喜歡那隻貓啊……」

「這隻特別中意，我還特別替牠取了名字喔。」

陸昂起身坐起來，腦後的黑色長辮隨著身體畫了個半弧，有點像是貓咪的尾巴。

「牠叫做小黑。」

「噗——！」諾瓦爾當場一口水噴出來。

「髒死了！你是哪根筋不對啊？」

「沒、沒什麼。」

平日絕對會反嗆回去的諾瓦爾自認倒楣，向來禮儀滿分的他竟然會做出這種失態舉動，只好乖乖的把濺滿水的桌子擦乾淨，然後換上乾淨的新襯衫。

「……小黑啊。」

諾瓦爾發出頗有弦外之音的低喃聲，緩慢的回到房裡。

褪去奧洛夫寶石的小黑，今日也悠閒的團縮在窗邊午睡。

番外二《失落的黑色奧洛夫》完

敬請期待更精采的《格帝亞少女～純血烙印02》

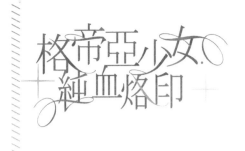

飛小說系列156

格帝亞少女～純血烙印 01

來自過去的時空迷子

出版者■典藏閣

作　者■響生　　繪　者■高橋麵包

總編輯■歐綾纖

製作團隊■不思議工作室

郵撥帳號■50017206 采舍國際有限公司（郵撥購買，請另付一成郵資）

台灣出版中心■新北市中和區中山路2段366巷10號10樓

電　話■(02) 2248-7896　傳　真■(02) 2248-7758

物流中心■新北市中和區中山路2段366巷10號3樓

電　話■(02) 8245-8786　傳　真■(02) 8245-8718

ISBN■978-986-271-742-4

出版日期■2017年2月

全球華文國際市場總代理／采舍國際

地　址■新北市中和區中山路2段366巷10號3樓

電　話■(02) 8245-8786　傳　真■(02) 8245-8718

新絲路網路書店

地　址■新北市中和區中山路2段366巷10號10樓

網　址■www.silkbook.com

電　話■(02) 8245-9896

傳　真■(02) 8245-8819

☞您在什麼地方購買本書？☜

1. 便利商店（______市／縣）：☐7-11 ☐全家 ☐萊爾富 ☐其他______________

2. 網路書店：☐新絲路 ☐博客來 ☐金石堂 ☐其他__________

3. 書店（______市／縣）：☐金石堂 ☐蛙蛙書店 ☐安利美特animate ☐其他____

姓名：__________ 地址：____

聯絡電話：__________ 電子郵箱：______________________________________

您的性別：☐男 ☐女 您的生日：__________年__________月__________日

（請務必填妥基本資料，以利贈品寄送）

您的職業：☐上班族 ☐學生 ☐服務業 ☐軍警公教 ☐資訊業 ☐娛樂相關產業
☐自由業 ☐其他____________

您的學歷：☐高中（含高中以下） ☐專科、大學 ☐研究所以上

☞購買前☜

您從何處得知本書：☐逛書店 ☐網路廣告（網站：______________） ☐親友介紹
（可複選） ☐出版書訊 ☐銷售人員推薦 ☐其他____________________

本書吸引您的原因：☐書名很好 ☐封面精美 ☐書腰文字 ☐封底文字 ☐欣賞作家
（可複選） ☐喜歡畫家 ☐價格合理 ☐題材有趣 ☐廣告印象深刻
☐其他____________________

☞購買後☜

您滿意的部份：☐書名 ☐封面 ☐故事內容 ☐版面編排 ☐價格 ☐贈品
（可複選） ☐其他

不滿意的部份：☐書名 ☐封面 ☐故事內容 ☐版面編排 ☐價格 ☐贈品
（可複選） ☐其他

您對本書以及典藏閣的建議____

____

____

✌未來您是否願意收到相關書訊？☐是 ☐否

✍感謝您寶貴的意見✍

印刷品

$3.5
請貼
3.5元
郵票
不思議信箱
FUSIGI POST

235 新北市中和區中山路二段366巷10號10樓

華文網出版集團　收

（典藏閣－不思議工作室）

格帝亞少女 純血烙印 01

Goetia